KB058371

이럴 줄 알았으면
말이나 타고 다닐걸

이럴 줄 알았으면

말이나 타고 다닐걸

손화신 에세이

난감하고 화나도
멈출 수 없는 운전의 맛

arte

프롤로그

우리는 도로처럼 연결돼 있다

내가 운전을 하면서 가장 많이 하는 생각은 '저 차가 혹시 미친 차면 어떡하나' 하는 것이다. 옆에 내 차가 있는 걸 못 보고 차선을 바꾼다거나, 끼어들 만한 거리가 아닌데 끼어든다거나, 이유 없이 급정거를 하지는 않을까 상상하고, 그러고는 얼른 머리를 털어버린다.

그러나 사실이다. 운전이란, 아무리 내가 조심한다고 해도 상대편 차가 잘못하면 어쩔 수 없는 일이다. 덤프 트럭이 중앙선을 넘어서 내 차를 박는 것을 미리 대비할 수 있는 사람은 없다. 그러고 보면 운전은 꼭 인생 같다. 차들이 도로를 줄지어 달리듯 사람들은 서로 가까이서 살아가고 있고 또 서로 밀접하게 엮여 있어서 나만 잘 한다고 되는 문제가 아니다.

그러면 어떻게 해야 하나. 운전을 아예 하지 않아야 하나. 아니다. 온갖 위험한 가능성에 노출된 것이 삶이지만 그럼에도 살아가는 것처럼 그럼에도 우리는 운전을 한다. 이유는 단순하다. 인생이란 게 원래 그런 것처럼, 운전도 원래 그런 것이니까. 우린 삶 위를 그리고 도로 위를, 그 불확실성 위를 매일 달린다.

바꿔 말해보면 이렇다. 원래 그런 게 운전인 것처럼 원래 그런 게 인생이다. 그렇다면 우린 운전에서 인생을 배울 수 있지 않을까. 실제로 나는 그렇다. 핸들을 잡고 우여곡절을 겪는 동안 나는 운전만 배우는 게 아니라 인생도 배워가고 있다는 걸 종종 깨닫는다. 특히 인생을 살아가는 태도를 터득해가고 있다. 이를테면, 매너 없는 차가 내 앞에서 날뛰어도 경적을 울리지 않는 관용 같은 것들 말이다.

하지만 무엇보다도 큰 배움은 앞서 말한 운전의 딜레마 그 자체다. 내가 잘 해도 사고를 당할 수 있다는 엄청난 부조리를 안고서도 운전을 할 때, 삶과 운전이 참

비슷하다는 그 인식이 나에게는 그 자체로 깨달음으로 다가왔던 것이다. 인생이란 서로 기대고 부대끼고 돕고 그렇게 도로 위의 차들처럼 엉켜서 살아가는 거구나, 하고.

"타인의 호의 없이 살아갈 수 있는 사람은 없다"라는 비트겐슈타인의 말은 내 가슴속에 오래도록 박혀 머물러 있다. 타인의 호의, 나는 이것이야말로 세상을 돌아가게 하는 정교하고 완전한 시스템이자 톱니바퀴라고 생각한다.

우리는 도로처럼 연결돼 있다. 이것을 깨닫고 나자 별의별 일이 내게 일어나도 원래 그런 게 인생이란 것을 생각하고는 이내 마음이 편안해진다. 무슨 일이 일어나더라도 충분히 그럴 수 있는 게 인생이니까. 또한, 도로 위의 호의에 대해 생각해본다. 나는 이 책에서 운전하는 마음들에 관해 이야기할 것이다. 그러나 가만히 들여다보면 인생을 살아가는 마음에 관한 이야기와 별반 다름이 없을 것이다. 우린 이미 우리의 인생을 운전하고 있지 않나.

차례

1장 운전의 기술

2장 자동차를 다루다

3장 도로 위의 사람들

4장 길 위에서

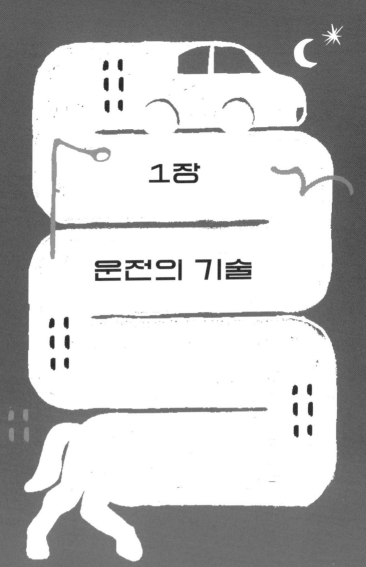

1장

운전의 기술

01

핸들을 잡다

정글에 던져진 차 한 대

내가 처음 핸들이란 걸 잡아본 건 운전면허 학원에서다. 난생처음 자동차의 운전석에 앉았을 때, 그러니까 노란색으로 코팅된 엑센트의 문을 열고 운전석에 올라탔을 때 옆에는 물론 강사님이 계셨다. 강사님은 부드럽게 정차하고 부드럽게 출발하는 것에 집착했다. 나는 강사님이 가르쳐주는 대로 최대한 잘 해보려 했지만 브레이크를 밟을 땐 몸이 앞으로 턱 쏠렸고 액셀을 밟을 땐 몸이 훅 뒤로 밀렸다. 나도 어쩔 도리가 없었다. 발끝의 감각만으로 이 커다란 기계를 섬세하게 제어하기란 여간 어려운 일이 아니었다.

아직 핸들 감각조차 없는 사람에게 차를 부드럽게 모는 걸 가르치는 게 나는 조금 이상하게 여겨졌다. 이상했지만, 그러나 사부님이 시키는 거라면 뭐든 그 이유가 있겠거니 하고 따르는 수련생처럼 나는 부드러운 주행에 사력을 다했다.

사부가 옳았다. 후에 알았지만, 액셀과 브레이크를 부드럽고 섬세하게 밟는다는 것은 베스트 드라이버가 되기 위한 기초체력 같은 거였다. 어느 정도 시간이 지나면 누구나 운전에 익숙해지지만, 승차감이 좋은 정숙한 주행을 하는 건 누구나 가능한 일이 아니다. 나는 흔들리지 않는 편안함을 주는 고급 침대처럼 차를 모는 습관을 익힐 수 있었다. 그 강사님 덕분이었다.

강사님과 어느 날 도로 연수를 나갔다. 차들은 요리조리 잘도 달렸다. 물론 내 차는 예외였다. 그래도 며칠 연수를 받은 보람이 있게, 안 들리던 강사님의 이런저런 이야기들이 운전을 하면서도 들리기 시작했다. 도시고속도로 가운데서 강사님은, 이건 당신이 꼭 기억해야 할 한 가지라고 강조하며 내게 비장한 한마디를 던졌다. 그 말은 한동안 운전할 때마다 내 머릿속에

떠다녔다.

"도로를 한마디로 표현하면요, 정글이에요, 정글."

정글은 약육강식이잖아요. 조금만 어설프면 잡아먹혀요. 안 봐줍니다. 강사님의 조언은 현실적이어서 살벌했다. 나는 물었다. 그러면 이기적으로 운전해야겠네요. 그런데, 그런 건 또 아니란다. 바르게 운전해야죠. 정글에서 살아남는 방법은 날렵하게 운전하는 것도, 이기적으로 운전하는 것도 아니에요. 기본에 충실하게, 교통법규 잘 지키고, 양보해가면서, 출발할 때도 멈출 때도 차선을 바꿀 때도 커브를 돌 때도 부드럽게 운전하는 게 결국은 정글에서 가장 오래 살아남는 생존자가 되는 길입니다.

나는 강사님의 말씀을, 그러고는 까맣게 잊어버렸다. 운전을 배우고 1년쯤 지났을까. 이제 나도 운전깨나 하는 베스트 드라이버라는 자만심에 빠져서 도로위를 날렵하게 달리곤 했다. 정글에서 한순간도 만만하게 보이지 않으리라 작정한 사람처럼. 그렇게 운전하다가 몇 번의 사고를 냈고, 운전 7년 차가 된 지금에서야 강사님의 정글론을 다시금 기억해내고는 그대로 지키고 있다. 내비게이션 앱이 매긴 내 운전점수가 98점이라는 것만 봐도 내가 얼마나 정신을 차렸는지, 얼마나 기본에 충실한 운전자로 탈바꿈했는지 알 수 있을 거다. 한때는 31점이었던 나였단 말이다.

여기서, '인생도 정글이다'라는 문장으로 귀결하면 너무 진부하고 계몽적인 전개가 되리라. 그러니 누구나 다 아는 비유는 뒤로하고 이것 하나만 말하려 한다. 정글에서 살아남기 위해서 많은 자질이 필요할 것 같아도 의외로 그렇지가 않다는 것. 정글이라는 자연의 시스템을 존중하고 겸손한 마음으로 그것을 따를 때 정글은 당신에게 경쟁의 장이 아닌 아늑한 낙원이 되리라는 것. 정글에서는 부드럽게 움직이는 자가 살아남는다. 흐름 위에 몸을 싣는 도인처럼 내 인생 도로 위에서도 나는 부드럽게 주행할 것이다. 나의 삶이라는 정글에서 나는 진정한 베스트 드라이버가 되어볼 심산이다.

02

접촉사고를 내다

선의는 돌고 돌아 너에게로 간다

초보운전 스티커를 꽁무니에 붙인 나는 자주 억울했다. 사람들이 초보운전을 무시하는 게 분명해 보였기 때문이다. 내가 못 끼어들어서 우물쭈물하고 있단 건 생각지도 못하고, 저 나쁜 차가 초보운전자에게 텃세를 부리고 있구나, 늘 그런 식으로 생각했던 것이다.

어느 토요일 오후, 나의 작고 귀여운 스파크를 몰고 레드벨벳 콘서트를 취재하기 위해 올림픽공원으로 가던 길이었다. 목적지에 거의 다 와서 나는 순식간에 접촉사고라는 것을 당했다. 아니, 냈다. 엄밀히 말하자면 30퍼센트는 당했고, 70퍼센트는 냈다고 말할 수 있는 그런 상황이었다. 끝 차선에서 서행하던 나는 앞에서 택시가 승객을 태우기 위해 정차하자 옆 차선으로 옮겼고 그때 나를 끼워줄 생각이 없이 뒤쪽에서 오던 옆 차선 차량과 부딪쳤다. 큰 접촉은 아니었고, 두 차의 사이드미러끼리 부딪친 것이었다. 하지만 내게는 하늘이 무너지는 것 같은 순간이었다. 머리가 새하얘지면서 오직 한 가지 생각만 들었다.

'이것이 바로 접촉사고다… 지금 나는 접촉사고라는 것을 당했다.'

그러나 그 뒤에 이어져야 마땅한 생각이란 건 도무지 나타나 줄 기미를 보이지 않았다. 차에서 내려야 하는지, 내려서 상대편 운전자에게 무슨 말을 해야 하는지, 저자세로 나가야 하는지, 당당한 척 큰소리를 내야 하는지, 표정은 어떻게 지어야 하는지, 어디에 전화를 걸어야 하는지, 전화를 걸어서 뭐라고 말해야 하는지, 사진을 찍어야 하는지, 찍는다면 어디를 찍어야 하는지… 아무것도 나는 알지 못했고 경험도 없었다.

일단 내렸다. 아니, 상대편에 의해 내려졌다. 상대 차주는 아들과 동행 중이던 40대 초중반처럼 보이는 여성이었고 차는 신형 쏘나타였다. 눈부시게 새하얀 쏘나타. 새로 산 지 얼마 안 된 차라고 했다. 하필이면 왜 새 차일까, 그런 잡다한 생각이 내 머릿속을 긁고 지나갔다. 주눅이 든 내 스파크의 사이드미러는 뒤로 휙 젖혀져 있었지만 원래 뒤로 접히는 기능이 있는 거라 다시 펴면 그만이었다. 긁힌 것도 없었고 멀쩡했다. 하지만 쏘나타의 사이드미러는 상황이 좀 달랐다. 하얀 도화지에 검은 크레파스 자국이 나 있었다.

쏘나타 차주는 길옆에 서서 내게 조금 짜증을 냈다. 나는 그때까지도 나의 태도를 정하지 못한 터라 어정쩡하게 서서 그의 말을 들었다. 사진을 찍으라고 해서 열심히 사진도 찍었다. 우린 짧은 대책회의를 했다. 쏘나타 차주는 지금은 주말이니 월요일이 되면 자기가 아는 공업사에 가서 견적을 받은 다음 내게 연락을 주겠다고 했다. 나는 원래 그렇게 하는 건지, 뭘 어떻게 하는 건지 아예 몰랐기 때문에 알겠다고 말하고 인사를 하고선 가던 길을 갔다. 일단 수습이 됐지만 그래도 가슴은 계속 뛰었다. 정신이 너덜너덜해진 것 같았다. 다시 운전을 해서 콘서트장에 들어섰지만, 레드벨벳의 노래는 하나도 들리지 않았다. 귀로 들어오는지 코로 들어오는지 알 수 없었고, 콘서트가 끝날 때까지도 내 심장은 방망이질했다. 지금 생각하면 정말 별것 아닌 작은 사고인데 말이다.

근심 어린 토요일과 일요일이 지나고 결전의 월요일이 밝았다. 일주일에 한 번 있는 팀 회의를 하고 있을 때 기다리던 쏘나타 차주로부터 전화가 왔다. 그때의 내 마음은 약간의 적의를 품고 있었던 것 같다. 내 과실이 100퍼센트인 것처럼 대하는 건 좀 아니지 않았나, 상대가 지나쳤다는 생각이 주말 동안 스멀스멀 올라왔던 터였다. 팀장님에게 급한 전화라고 양해를 구하고 회의실을 다급히 빠져나와 전화를 받았다.

내 예상대로, 본인이 아는 공업사에 간 이야기로 통화는 시작됐다. 다음 말 앞에서 나는 긴장했다. 보험처리를 할 건지, 공업사에서 견적은 얼마나 나왔는지 이런 이야기가 이어질 것을 기다리며 상대편의 이야기를 가만히 듣고 있는데, 어라? 이야기가 급물살을 타면서 희망의 땅으로 나를 실어나르는 게 아닌가. 일단 공업사에서 돌아와서 혹시나 하고 자기가 물파스로 열심히 닦아보니, 힘들긴 했지만 사이드미러의 스크래치가 닦이긴 닦이더라는 것이 요지였다. 그러면서 이 접촉사고는 없었던 일로 하자는 거다. 자기도 초보운전 시절이 있었고, 그때 생각이 나더라면서 평화협정으로 분위기가 흘렀다.

나는 호칭을 곧장 "선생님"으로 바꾸고는 감사의 인사를 전했다. 진심으로 고마웠다. 물론, 지금 생각하면 보험을 불러봤자 본인의 과실이 0퍼센트가 아니기에 자신에게도 일말의 불이익이 생길 걸 알고 그런 결정을 내린 것 같지만… 그래도 그녀의 호의는 꽤 감동적이었다. 물파스를 생각해낸 기지에 한없이 고마운 마음이 들었다. 최대한 덜 티 내려 애쓰며 기뻐하는 나에게 쏘나타 차주는 전화를 끊기 전, 한마디를 건넸다.

"다음에 반대의 일이 생긴다면, 그때 상대편 차주에게 선의를 베풀어주세요."

소설에서나 나올 법한 꽤 멋진 멘트라고 나는 생각했다. 그제야 운전이라는 세계를 조금, 아주 조금 알 것만 같았다. 교통법규라는 게 있고, 보험제도라는 게 있고, 잘잘못을 따지는 이성과 논리라는 게 있지만 때로는 그에 앞선 무언가가 있다는 것. 이 '앞선 무언가'가 바로 운전의 세계에선 진짜 룰이라고. 그 룰은 그러니까 양보와 선의와 관용 같은, 비합리적이지만 동시에 가장 완벽한 '제3의 방식'이라는 것을 그때 비로소 알게 됐다. 세상은 사람들이 만들어놓은 법 아래서 칼처럼 돌아가는 것 같아도 실은 그렇지 않다. 세상은 자동차 바퀴처럼 제법 둥글게 둥글게 구르고 있었다.

03

시험을 치르다

말 한마디라도 예쁘게

운전면허 시험에 한 번에 합격하긴 했지만, 위기가 없진 않았다. 도로주행 시험 중에 하마터면 떨어질 뻔했다가 가까스로 위기를 모면했는데, 그럴 수 있었던 이유는 평소의 내 습관 덕분이다. 지금도 나는 그렇게 믿고 있다. 스스로 말하기 민망하지만, 그 습관이란 건 다름 아닌 '말 예쁘게 하기'다.

입은 꼭 다물고 오직 손과 발과 눈으로만 하는 게 운전인데, 말 예쁘게 하기가 무슨 상관이냐고 물을 수 있겠으나 제 사연을 들어보시라. 사람이 하는 모든 일에서는 말 한마디가 큰 변수가 된다는 걸 그때의 경험을 통해 나는 절감했다.

　면허를 따기 위해 학원을 다니던 즈음에 나는 무척 바빴다. 금전적으로 여유도 없었다. 시험에서 떨어지면 시간과 비용이 더 들 수밖에 없기에 나는 매 순간 '반드시 한 번에 합격하자'라는 비장한 각오로 임했다. 이런 생각을 할수록 마음은 여유가 없어졌고 더 떨렸다. 긴장을 배가하는 난관이 또 있었으니, 그건 도로주행 시험 코스의 난해함이었다. 아, 상암에 있는 운전학원에 다니라는 친구들의 말을 들을 걸 그랬다. 계획도시인 상암의 도로는 일자로 쭉쭉 뻗어 있어서 도로주행 시험을 칠 때 훨씬 수월하다는 주변 사람들의 안내를 듣지 않았던 게 잘못이었다.

　집에서 가까운 학원에 다니면 그만이라는 생각으로, 당시 서울 미아동에 살던 나는 근처 동네에 있는 운전면허 학원에 다녔던 것이다. 그러나 내가 다닌 운전면허 학원의 주변은, 그러니까 내가 도로주행 시험을 보게 될 그 코스는 곧고 넓게 뻗은 상암의 길과는 비교할 수 없게 고난도였다. 설상가상으로 도로 공사까지 곳곳에서 진행되고 있어서 요리조리 피해 다녀야 했기에 초보운전자에게는, 아니 초보운전도 아니었지, 면허 시험 응시자에게는 최악의 코스가 아닐 수 없었다. 도로주행 시험 전에 연습을 할 때도 그야말로 나는 정신이 쏙 나갔다. 사이드브레이크를 풀거나, 깜빡이를 켜는 것처럼 외워놓은 자동차 조작을 시행하기도 벅찬데 길까지 외워서 운전해야 한다니… 게다가 그 길이란 게 공사로 난장판이었으니 당황하지 않고는 배겨낼 수 없었다.

드디어 도로주행 시험일. 운전석엔 내가, 조수석엔 시험관이 탔다. 내 기억이 맞는다면 뒷좌석에는 다른 응시자 한 명이 있었다. 나는 꼭 합격하리라 의지를 불태웠다. 최선을 다해야겠다는 생각이 들었다. 그 최선 중 하나는, 시험관이 나를 잘 봐주게끔 하는 것도 포함돼 있었다. 나는 능청맞게 혼잣말로 이렇게 말했다. "아, 진짜 꼭 합격해야 하는데…" 그리고 곧장 시험관에게 최대한 담백하게 한마디를 건넸다. 많이 부족할 텐데 그래도 잘 부탁드립니다, 하고. 그러고 나서 안전벨트를 메고, 브레이크를 밟고, 사이드브레이크를 풀고, 시동을 걸었다.

본격적으로 도로주행이 시작됐다. 내가 모는 노란색 자동차가 학원 정문을 벗어났고 그렇게 천천히 10미터쯤 갔을까. 난 분명 브레이크를 안 밟은 것 같은데 차가 멈추려 했다. 어리둥절해서 주위를 살펴보니 보행 신호등이 켜진 횡단보도 앞이었고 나는 얼른 브레이크를 밟았다. 우리는 모두 말이 없었고 제법 평온해 보이기까지 했다. 하지만 나는 혼자 식은땀이 났다. 직감으로 알 수 있었다. 옆에 앉은 시험관님이 조수석 브레이크를 살짝 밟아준 거구나. 내게 기회를 한 번 주신 거구나. 나는 시험 시작 30초 만에 불합격을 받고 아직 멀어지지도 않은 학원으로 다시 돌아갈 뻔했던 것이다. 정말 감사했다. 남은 거리 동안 정말 잘 해내는 모습을 시험관에게 보여주고 싶었다. 나는 바짝 정신을 차리고 남은 코스를 주행했다. 우회전과 좌회전이 난무하는 길들도, 정신없는 공사장도 무사히 통과했다.

합격. 결과는 합격이었다. 그 기쁨은 말로 절대 표현할 수 없는 것이었다. 나는 이런 생각이 들었다. 이 합격은, 50퍼센트의 운전 실력과 50퍼센트의 아부로 이루어진 거라고. 속되게 말하면 아부요, 좋게 말하면 예쁜 말 한마디다. 아무튼, 보이지 않는 요소가 결정적으로 작용했음이 확실하다.

누가 누구를 언제 어떻게 도울지 우리는 아무도 알 수 없다. 내가 내뱉은 말 한마디가 어떤 모양으로 내게 다시 돌아올지도 알 수 없다. 인생이란 건 원래 이렇게 신비롭고 이상하고 꼬불꼬불하고 그런 게 아닐까. 서로에게 상처를 주고, 또 도움도 주고 그렇게 얽히고설킨 채로 부대끼며 살아가는 이 세상에서 내가 할 수 있는 최선은 그러므로 타인을 언제나 존중하고 그들에게 친절한 말과 행동을 하는 것이다. 꼭 내게 이익으로 돌아오지 않는다 하여도 말이다. 면허 시험장에서 이런 걸 깨달을 줄이야 누가 알았겠는가. 참, 인생은 알 수 없는 것 투성이요, 이상한 데서 귀한 진실을 배우는 기기묘묘한 학교다.

04

운전의 본질

자기이동성이라는 본능

자율적으로 이동하려는 의지는 어쩌면 인간의 본능인지도 모른다. 가만히 생각해보면, 어릴 때부터 나는 본능적으로 무언가를 탔다. 일곱 살 즈음엔 씽씽이 타기를 즐겼다. 얼마나 좋아했냐면, 거의 종일 타고 다녔다. 한 발은 길쭉한 발판 위에 얹고, 다른 한 발은 땅을 밀면서 굴러 앞으로 나아가는 탈것인 씽씽이. 그것은 당시 나와 한 몸이었다. 어릴 때 주택에서 살았던 나는 마당이라고 부르기에는 한참 민망한, 좁고 긴 통로 같은 여분의 실외 공간에서 그 빨간색 씽씽이를 밤낮으로 탔는데 마당의 이쪽 끝에서부터 저쪽 끝에서까지 최대한 빠르게 달리며 속도를 즐겼다. 물론 집 밖에서도 타긴 탔다. 다만 친구와 함께일 때만이었다. 타고난 내향형 인간인 나는 혼자서 밖에 나가 씽씽이 타는 게 무척 부끄럽고 용기가 안 나는 일이라 혼자서는 마당에서만 탔던 거다.

친구들과 나는 속도에 미쳐 있었던 것 같다. 내리막길에서 씽씽이 발판 위에 엉덩이를 대고 앉아 두 발을 들고 한 번에 내려오는 걸 좋아했는데, 우린 정말 빨랐다. 두 뺨과 이마를 스치는 강하고 시원한 바람이 아직도 느껴지는 듯하다. 그러다가 치마에 구멍이 나기도 했다. 엉덩이 부분에 동그랗게 구멍이 난 것을 발견하고 소심한 나는 행여 누군가에게 그걸 들킬까 봐 식은땀까지 흘리며 전전긍긍했던 게 기억난다. 그렇게 조용하고 소심하던 어린이였는데도 속도가 주는 스릴을 즐겼다는 게, 생각해보면 아이러니하다.

아리스토텔레스는 '스스로 움직인다는 점'을 동물만이 가진 특성이라고 정의했다. 나무는 스스로 움직일 수 없지만, 인간을 포함한 모든 동물들은 자기이동성이라는 본능을 갖고 있어서 어딘가로 이동한다는 것이다. 꼭 목적지가 있어서 움직이는 건 아니다. 산책 나온 강아지들을 떠올려보라. 주인이 쥐고 있는 줄이 자신의 몸을 조여올 때까지 사방을 향해 내달린다. 질주하다시피 빠르게 뛴다. 인간도 다르지 않다. 아무 이유 없이 종종 여행을 떠나기도 하고 거리를 배회하기도 한다. 그리고 흔히 '드라이브'라고 부르는 것도 한다. 목적지를 정하지 않고 차를 타고 그저 이동하는 행위, 운전 자체를 즐긴다. 운전을 통해 누구의 간섭도 없이 낯선 풍경을 마주하고 새로운 환경에 놓임으로써 우린 활력을 얻고 인간다움, 즉 자율성을 되찾는다.

씽씽이를 떼고 나선 롤러스케이트를 즐겨 탔다. 자전거도 탔지만 내 취향은 롤러스케이트에 더 가까웠다. 부산에서 유년 시절과 학창 시절을 보낸 나는 초등학교 고학년, 그리고 중학생 때 사직동에 가서 친구들과 롤러스케이트를 타곤 했다. 지금은 찾아볼 수 없는 풍경이지만 당시엔 부산 사직구장 주위로 자전거와 롤러스케이트 타는 학생들이 바글거렸다. 역시 지금은 사라지고 없지만, 자전거와 스케이트를 대여해주는 곳도 그 근처에 정말 많았다. 롤러스케이트는 자전거보다 더욱 신체와 일체된 탈것이어서 자율적 이동성을 보다 쉽게 만족시켜주었다. 그만큼 쾌감도 컸다. 나는 롤러스케이트를 타고 공중부양을 하듯, 축지법을 쓰듯 여기저기로 자유롭게 이동하며 내 안에 내재한 본능을 즐겼다. 어쩌면 이동 능력을 향상시키는 건 인간의 자유를 한층 강화해주는 일인지도 모른다.

스케이트를 떼고 나선 자동차를 운전했다. 그 사이에 15년가량의 긴 공백이 있었다. 15년 사이에 나는 수능을 준비하고, 대학생이 되고, 직장을 구하는 등 어른이라는 존재로 거듭나기 위한 이런저런 활동을 하며 바쁘게 살았다. 그러느라 질주 본능은 아예 잊고 지냈다. 어른이 되어 면허를 따고 다시금 '탈것'에 올라타 핸들을 잡았을 때 비로소 이동의 본능, 질주의 본능이 되살아남을 느꼈다. 지금도 그렇긴 하지만 운전을 시작하고 처음 5년은 운전이 재미있어서 못 견딜 지경이었다. 운전이란 게 누구의 지시도 받지 않고 핸들을 잡은 내가 주체가 되어서 하는 주도적 행위여서 운전을 하고 나면 여지없이 스트레스가 풀렸다. 내 뜻대로만 되지 않는 인생에서 운전은 온전히 내 뜻대로 되는 몇 안 되는 일이었다. 솔직히, 속도도 좀 즐겼다. 지금은 속도 내는 걸 끊었지만(?) 차를 운전하기 시작하고 첫 3~4년은 고속도로 같은 뻥 뚫린 도로에서 빠르게 달리는 걸 좋아했다. 우습게도 첫 3~4년을 탄 차가 사고에 가장 취약한 경차였다는 사실은 돌이켜보면 아찔한 일이다. 운전 경력이 짧았을 때 오히려 지금보다 훨씬 과격하게 운전했다는 게 지금 생각하면 놀랍기 짝이 없다.

자율주행 자동차가 활발히 개발되고 있는 게 그리 반갑지만은 않은 건 운전을 사랑하는 마음에서인 듯하다. 사람이 직접 운전하지 않아도 차가 알아서 운전한다는 말은 확실성에 더 가까워진다는 의미를 지닌다. 사고가 날 가능성도 줄어들고, 길을 틀릴 가능성도 줄어든다. 전자는 긍정적이라고 해도 후자는 긍정적이지만은 않다. 길을 잘못 들어 예기치 못한 순간을 맞이하고 방랑하는 건 인간에게 그리 나쁜 일이 아니라고 보기 때문이다. 자율성이 있으면 실수도 따르게 마련이다. 그 실수가 흥미로운 결과, 더 유익한 결과를 가져오는 경우도 종종 있다. 자율주행 자동차에 관한 소식을 들을 때마다 나는 올더스 헉슬리의 소설《멋진 신세계》가 떠오른다. 모든 게 통제 가능해진 소설 속 첨단 미래 세계는 그러나 완벽성과 확실성에도 불구하고 사람이 살 만한 세계가 아니다. 실수가 없는 세계는 인간성에 반하는 세계다. 이 소설에서 특히 재밌는 포인트는, 작품 속 배경이 포드 기원 632년(서기 2540년)이란 점이다. 자동차가 만들어진 해인 1908년을 인류의 새 기원으로 삼은 점이 흥미롭다. 모든 것이 포드주의에 따라 자동 생산되는 가상의 미래 세계를 다루고 있는 이 소설은 비인간적 기계 문명이 가져올 디스토피아를 그린다.《멋진 신세계》의 관점으로 봤을 때 모든 게 통제 가능한 자율주행 자동차는 비인간적인 발명품이 아닐 수 없다.

아무리 자율주행 자동차가 발전해도 나는 웬만해선 끝까지 '운전하는 인간'으로 남을 작정이다. 타인이든, AI든 무언가가 대신 운전해주길 바라지 않는다. 나는 길 위의 불확실성을 사랑한다. 운전은 나의 본능이자 기쁨이다.

05
규칙을 정하다

꾸준함의 힘은 어디서나 통한다

　나는 베스트 드라이버가 되고 싶었다. 연습만이 살길이라 믿었던 나는 첫 차를 사고 한 가지 규칙을 정했다. 앞으로 1년간의 모든 이동은 내 차로 할 것. 자신과의 굳은 약속이었고, 정말 1년 동안 그걸 지켰다. 대중교통은 타지 않았다. 주차하기 힘든 곳에 가는 일이 있어도 그것 또한 훈련이라고 생각하고 차를 몰고 나섰다. 365일 동안 거의 매일 외출을 했으니 매일 운전 연습을 한 것이나 마찬가지였고 운전 실력은 날로 늘었다. 게다가 취재기자라는 직업 특성상 매일 같은 장소가 아닌 새로운 장소로 출근을 해야 해서 운전을 배우는 데 그만한 기회도 없었다. 나는 1년 동안 내가 경험할 수 있는 모든 도로와 모든 주차장을 경험했고 하나의 장소에 갈 때마다 몇 가지의 운전 지식을 익히고 체득했다. 물론 거의 매일이 고비였지만 아랑곳하지 않았다.

뭐든 잘하고 싶으면 꾸준한 연습이 필요하단 걸 나는 운전을 통해 뼛속까지 배웠던 것 같다. 참, 기타를 통해서도 배웠다. 십 년 전쯤 기타에 흠뻑 빠졌던 때가 있는데 그때 매일 기타를 붙잡고 뚱땅거렸다. 한번은 부산 본가에 내려갔는데 기타를 만지고 싶고 치고 싶어서 상사병이 날 지경에 이르렀고, 도저히 안 되겠다 싶어 결국은 예정된 날짜보다 일찍 서울로 돌아온 적도 있다. 그때도 매일 꾸준히 기타를 쳤고, 실력은 내가 기타를 만진 시간에 비례해서 늘었다. 운전도 꼭 기타 치기와 비슷했다. 나는 운전이, 마치 악기를 연주하는 것처럼 짜릿하고 재밌었다. 오늘 종일 했어도 내일 또 하고 싶었고, 매일 조금씩 실력이 느는 걸 느낄 때면 그렇게 뿌듯할 수가 없었다.

나는 운전을 못하는 인간에서 할 수 있는 인간으로 1

년 만에 탈바꿈했다. 이것은 내 인생에서 중요한 터닝 포인트가 되었다. '기술'이란 것에 눈을 뜨게 된 계기였던 거다. 사람들이 왜 기술을 배워라, 기술을 배워라 말하는지 비로소 알 것 같았다. 기술은 한 사람의 생활에서 실용적이고 실질적인 능력이 되어주어 그 사람을 새로운 사람으로 변화시킨다. 요리를 배우면 갈비찜을 못 만들던 사람에서 갈비찜을 만들 수 있는 사람으로 변신하게 되고, 영어를 배우면 영어로 대화를 못 나누던 사람에서 대화가 가능한 사람으로 변신하게 된다.

책을 읽는 일처럼 눈에 보이지 않는 것만 하던 내가 운전이라는 실용적 기술을 배우고 운전을 '할 줄 아는' 인간으로 거듭나고 나니 기술이란 걸 더 많이 배워보고 싶다는 생각이 들었다. 난데없이 내 인생에 기술이라는 키워드가 들어온 것이다. 운전처럼, 기타 연주처럼 하면 하는 만큼 느는 게 눈에 보이는 그런 배움을 해보고 싶어졌다. 그것은 한 인간의 진화다. 컴퓨터 게임에서 열매를 먹으면 없던 능력이 새롭게 생겨나는 것처럼 기술을 배우면 없던 능력이 생겨나서 더 만능의 나로 거듭나게 되는 거다. 이것 참 매력적이지 않은가!

요즘 내가 배우고 싶은 기술은 영상편집 기술이다. 책을 소개하는 유튜버로 활동해보고 싶은데 편집을 못 하니 시작을 할 수가 없다. 매번 남에게 도움을 요청할 수도 없는 노릇이고, 참 난감하다. 예전 같으면 미루거나 포기했을 텐데 운전을 하면서 기술 배우는 맛을 알게 된 후 태도가 좀 바뀌었다. 처음엔 어려워도 그 안에는 분명 재미라는 요소가 있다는 것, 배우는 가운데 자잘한 재미를 하나하나 느끼다 보면 어느새 영상편집을 할 수 없던 인간에서 할 수 있는 인간으로 거듭날 것이란 걸 이제는 안다. 한 발 한 발 나아가다 보면 어느 순간 기술자가 되어 있는 자신을 발견하는 것, 그 흐뭇하고도 보람찬 기분은 진정으로 매혹적이다.

　나는 뭐든 꾸준히 하는 사람이고 싶다. 무언가를 잘하는 사람이 되려 하기보다 다만 꾸준히 하는 사람이 되려고 애쓸 것이다. 예전에는 무언가를 잘하는 사람이 멋져 보였는데 지금은 지속성 있게 몇 년, 혹은 몇십 년을 쭉 이어나가는 사람이 더 멋져 보인다. 잘하는 것만큼이나 꾸준히 하는 게 얼마나 어려운 일인지, 얼마나 가치 있는 일인지, 그 안에 얼마나 더 큰 진심이 깃든 일인지 살면서 여러 번 깨닫다 보니 그렇게 생각이 변한 것 같다. 사랑도 그렇지 않나. 누군가를 한때 열렬히 사랑하는 것도 근사한 마음이지만, 더 근사한 건 몇십 년을 한결같이 한 사람만 바라보고 사랑하는 마음이다. 주변에 그런 지속적 사랑을 보여주는 나이 지긋한 부부를 보면 경이롭기 그지없다. 꾸준한 긍정, 꾸준한 성장, 꾸준한 사랑… 이런 것들이 세상 무엇보다 영광스럽게 빛나는 건 참으로 마땅한 일이다.

06

앞차를 살펴보다

세상은 반전이 있어야 유쾌하다

전방을 주시할 때 신호등을 제외하곤 보통 앞차의 엉덩이를 본다. 앞차 뒷유리에 글자가 있으면 그것도 꼭 쳐다보게 된다. 초보를 알리는 문구도 제각각, 제 개성에 사는 세상이어서 "결초보은"처럼 함의적인 글귀부터 "말이나 탈걸 그랬어요" 같은 자조적 문장, "양보해주셔서 감사합니다"처럼 에둘러 양보를 당부하는 스타일의 문구까지 다양하다. "까칠한 아이가 타고 있어요"는 언제 봐도 조금 불쾌하고, "나도 내가 무서워요"는 언제봐도 섬뜩하다. 내가 본 것 중에 가장 귀여운 초보 알림 문구는 뭐니 뭐니 해도 진정성이 뚝뚝 떨어지는 종류의 것들이다. 이를테면, 초보운전이라는 네 글자를 A4 용지 네 장에 한 글자씩 가득 채워 인쇄해서, 그 네 장의 거대한 활자를 차 뒷유리에 붙인 채 달리는 차다. 압도될 듯하다. 이런 차는 괜히 응원하게 된다. 한껏 진지한 가운데 어딘지 모르게 귀엽지 않나. 초보면서 초보 아닌 척하는 것보다 훨씬 정이 간다.

이에 못지않은 진정성을 뿜어내는 초보 차량들도 가끔 만났다. "왕초보"라는 세 글자를 큰 스케치북 같은 데 매직으로 굵게 썼는데, 왕이란 글자만 빨간색이었고 또한 이 글자만 무려 세 개였다. "왕왕왕초보"라고 자신을 스스로 칭하는 그에게 누가 천천히 간다고 경적을 울릴 것이며, 누가 실수한다고 욕할 것인가. 본인이 왕왕왕초보여서 그렇다는데.

모르면 모른다고 말하는 것, 잘못했으면 잘못했다고 그리고 미안하다고 말하는 것. 그게 좋지 않나. 다 아는 척하는 것보다, 본인 잘못은 전혀 없는 듯 시치미 떼는 것보다. 그런데 어디 그런가. 도로에서 초보임을 숨기고 운전하는 차량의 수만큼이나 일상엔 솔직하지 못하고, 사과할 줄 모르는 많은 이들이 살아가고 있다.

이런 글을 쓰는 나조차도 살면서 그런 적이 왜 없었 겠나. 무언가를 꽤 잘하는 척, 다 괜찮은 척하고 싶을 때 그럴 때 나는 앞차에 붙어 있던 그 문구들을 떠올려 보곤 한다. 왕왕왕초보라는 솔직한 다섯 글자를 보고 내가 어떤 느낌을 받았는지를 상기해본다. 그 느낌은 결코 상대 차를 얕보는 성격의 것이 아니라 이해하는 마음, 응원하는 마음에서 우러나는 것이었다. 그런 경 험을 떠올리면서 아, 일상을 살아가며 내가 부족한 부 분이 있다면 그 부족함을 과장하지도 말고 축소하지도 말고 딱 그 정도 크기로 남들에게 보여주고 이해를 요 청하는 게 더 멋진 일이구나 싶었다. 초보라고 잘 보이 게 써 붙이는 게 결코 자존심 상하는 일이 아니란 걸, 오히려 애교스러우면서도 교양 있는 처신이라는 걸 알 게 됐다.

가끔, 초보운전이라고 써 붙인 차인데 운전이 카레 이서급인 경우가 있다. 이럴 땐 혼란스럽다. 보통 그런 건 가족 중에 초보운전자가 있어서 그 일원을 위해 알 림 문구를 붙여놓은 경우다. 곧 혼란스러운 마음이 사 라지고 재밌다는 생각이 든다. 마치 한 명문대의 청소

원이, 학생들이 아무도 못 푼 수학문제를 혼자 청소하다가 쉬면서 심심풀이로 풀어버리는, 그런 영화 속 장면을 볼 때 같은 쾌감이 드는 것이다. 이런 가짜(?) 초보도 매력 있다.

겸손하라는 말이 괜히 진리가 아니다. 언제나 겸손을 기본값으로 가져가는 편이 그 반대보다 낫다. 상황을 보다 좋게 흘러가게 만드니까. 이런 가정을 해본다. 베테랑 운전자라고 써 붙인 차량이 마치 초보운전처럼 어설프게 운전한다면? 이런 반대의 경우엔 당연히 사람들에게 욕먹을 것이다. 실제로 피해도 줄 것이고. 반면, 기본값을 겸손에 놓고, 즉 초보운전에 놓고 운전할 때 모든 게 순조롭다. 오만함은 언제나 결말이 좋지 않았다. "베테랑인 줄 알았는데 초보운전이었네" 하는 말보다 "초보운전인 줄 알았는데 베테랑이었네"라는 말이 더 듣기에 낫지 않은가.

이렇게 생각해봤을 때, 겸손한 사람이 매력적인 것은 어쩌면 당연한 일인지도 모른다. 못하면 못한다고 솔직하게 말하는 사람, 자신의 실력을 굳이 드러내려 하지 않는 사람, 누군가 물어봐서 대답해야 한다면 그

것을 잘하더라도 "보통이에요"라고 말하는 사람, 그런 사람이 종국에 가선 타인으로부터 더 존중받고 인정받게 된다. 기본값이 "못합니다"였으니 기대치가 낮다. 이 얼마나 자유로운 상태인가. 역시 겸손은 질리지 않는 미덕이다.

말이 나온 김에 또 다른 미덕 하나를 말해보려 한다. 도로에서 어느 날 내가 예기치 못하게 발견한 미덕, 그건 바로 유머였다. 유머란, 사람들이 기대했던 결과를 비켜 가면서 그 간극에서 피어나는 무언가다. 여느 때처럼 나는 꽉 막힌 도로에서 앞차의 트렁크 쪽을 바라보며 정차해 있었다. 작은 글씨로 유리에 뭐라고 써 있었다. 초보운전이구나, 나는 당연히 그렇게 생각했다. 그도 아니면 "아이가 타고 있어요"겠거니. 그래도 궁금했다. 왜 저렇게 작게 적은 거야? 의도한 거야 뭐야? 백 퍼센트 초보운전이라 적었겠지만 아니라면 도대체 무슨 문구일까?

나는 결국 차를 살짝 앞으로 움직였고, 드디어 내 시력 범위 안에 그 글자들을 확보할 수 있었다. 그러고는, 흠칫, 나는 그 반전에 놀라지 않을 수 없었다. 웃지 않을 수 없었다.

"I'm the best driver."

07

장거리를 달리다

멋모를 때가 제일 용감한 법

강원도를 좋아한다. 속초, 양양 바다의 맑은 물을 특히 좋아한다. 웅장한 설악산도 매력적이다. 늦게 배운 도둑질이 무섭다고, 어른이 되고서야 빠지게 된 강원도의 매력은 나를 매년 그곳으로 이끌었다.

운전을 시작한 지 한 달이 됐을 때, 나는 엄마와 이모와 외숙모와 외숙모의 딸과 함께 강원도에 여행을 갔다. 물론 나의 귀여운 스파크로 말이다. 지금 생각하면 정말 무모하기 짝이 없는 짓이 아닐 수 없었다. 한 달이면 심각한 수준의 초보 아닌가. 물론 그때는 전혀 그렇게 생각하지 않았다. 생각하지 않은 정도가 아니라

'나도 이젠 운전을 잘한다'고 믿었다. 지금의 나는 운전 3년까지는 무조건 초보라고 생각하는지라 그때 우리의 '모험'은 무척 아찔한 일이었다고 보고 있다.

장거리 운전은 그때가 처음이었다. 조수석에 한 사람, 뒤에 세 사람을 태우고 고속도로를 탔다. 이상하게 긴장은 되지 않았다. 사람을 많이 태운 데다가, 초보운전에, 특히 경차여서 긴장을 해야 맞는 상황이었지만 긴장되지 않았다. 원래 긴장을 안 하는 편이냐고? 아니다. 요즘은 장거리 운전을 하고 나면 어깨가 너무 아프다. 하도 힘을 주고 운전해서. 지금은 운전석에 앉을 때마다 겁쟁이가 되지만, 그땐 정말 용감했다. 왜냐면 운전 무서운 줄도, 초보운전이 왜 초보운전인지도, 아무것도 몰랐으니까. 고속도로에선 조금만 삐끗해도 곧바로 저세상으로 이어진다는 생각을 그때도 깊이 하고 운전했다면 겁이 나서 아마 꽤 땀을 흘렸을 거다. 그러나 나는 그때 그저 신나기만 했다. 특히 당시엔 한창 운전의 재미에 빠져 있던 때라 고속도로에서의 운전이 그렇게 즐거울 수가 없었다. 우리 다섯 여자가 탄 스파크는 마음껏 질주했다.

다음 날은 멋모르는 나도 좀 긴장됐다. 잠을 한숨도 못 잤기 때문이다. 나는 진드기 알레르기가 심한 편인데, 간밤의 숙소는 진드기 천국이었다. 보이지 않아도 알 수 있었다. 내 몸이 지표였고, 나는 발작하듯이 밤새 몸을 뒹굴었다. 결국 맨바닥에서 이불도 깔지 않고 새벽녘에 1시간 정도 잤던 것 같다. 그때가 8월 초 극성수기여서 숙소 구하기는 하늘의 별 따기였고, 진드기가 들끓는 그 허름한 모텔도 겨우 구한 것이었기에 어쩔 수 없었다. 이런 이유로 잠을 자지 못한 채 운전대를 잡게 된 나는 커피에 간절히 의존하며 속으로 이런 말을 되뇌었다.

　'손화신, 오늘 정신 똑바로 차려라. 아니면 다 죽는다.'

　이런 비장한 마음 때문이었는지 우리의 강원도 1박 2일 여행은, 결론부터 말하자면 무사히 마무리됐다. 설악산도 가고 돌아오는 길에는 남이섬에도 들러 구경하면서 밤까지 꽉 찬 시간을 보냈다. 그러고 나서 2주쯤 지났을까? 집으로 고지서 하나가 날아왔다. 신호위반 범칙금 고지서였다. 강원도 도로 어디쯤에서 빨간불인데도 멈추지 않고 달리는 내 차가 찍혀 있었다. 신기하게도, 기억이 전혀 나지 않았다. 그때 비로소 깨쳤다. 생 초보운전이 참 겁 없이 다녔구나, 그것은 다섯 사람의 목숨을 건 여행이었구나, 하고.

지금에서야 동행한 식구들에게 고마운 마음이 든다. 초보운전자를 믿고, 무서운 티 하나 내지 않고 그렇게 다니는 것도 쉽지 않았을 것이다. 게다가 그들은 모두 내 차를 소중하게 대해줬다. 공기 좋은 설악산 주차장에서 갑자기 세차 바람이 일어서는, 모두 손에 물티슈 하나씩을 들고 스파크 구석구석을 닦았다. 차 하나에 다섯 명이 붙어서 흙먼지를 닦아내고 광을 내는 그때의 우리 모습은 그 여행의 잊을 수 없는 한 장면이 되었다. 이모는 내 차를 '우리들의 리무진'이라고 불렀다.

지금의 나라면 돈이 좀 들더라도 더 큰 차를 렌트해서 가족들을 편하고 안전하게 모셨을 것이다. 하지만 무모했기 때문에, 더러 불편했기 때문에 우리의 강원도 여행은 더 특별한 기억으로 남게 된 것 같다. 지나면 드러나기 마련인 아쉬움이지만, 그래도 그 아쉬움들이 밉지 않은 건 하나하나가 모두 추억이 돼서다. 그날의 강원도 여행처럼 내 지난날의 순간순간들 역시도 무모해서 용감했고, 용감해서 아름다움 투성이었구나, 문득 그런 사색에 잠긴다. 생각해보면 정말 그렇다. 무모하지 않았다면 못했을 일들이 얼마나 많은지. 운전뿐 아니라, 직업도 취미도 인간관계도 다 무모했기 때문에 얻은 결과물이다. 20대에 했던 온갖 아르바이트 경험, 상경과 독립, 취업전선에서의 분투, 낯선 곳으로 떠난 여행, 수십 군데 출판사에 출간 기획서를 돌린 경험, 떨리는 심장을 감추고 했던 강연들… 나의 모든 도전은 다 무모했고, 무모함이 곧 도전이었다. 갈수록 겁이 많아지고 생각이 많아지는 요즘의 내가 그래서 참 별로다. 얻을 것에 대한 기대보다, 잃을 것에 대한 두려움이 더 거대해지는 날들 속에서 나는 방황 중이다.

08

솔더체크를 하다

내 주변엔 언제나 사각지대가 있다

운전할 때 나는 오토바이가 제일 무섭다. 오토바이가 보이면 일단 긴장한다. 자동차에 비해 차체 면적이 넓지 않고 몸집이 작은 오토바이는 사각지대로 자주 숨어버리는 존재여서 차 안에 있는 운전자에게 잘 안 보일 때가 많기 때문이다. 한번은 광화문에서 삼청동으로 이어지는 도로에서 차선 바꾸기를 하는데 어디선가 다급한 듯한 경적이 울렸다. 나는 혹시나 몰라서 얼른 원래 차선으로 돌아왔고, 옆을 쳐다보니 청년이 탄 오토바이가 있었다. 왜 못 봤을까. 미안한 마음에 나는 깜빡이를 한참이나 켰고, 그 청년도 이런 일이 종종 있었는지 별말이 없었다. 아마도 그 오토바이가 나의 사각지대에 들어갔을 때 내가 사이드미러를 봤던 것 같다.

그런 일은 또 있었다. 두 갈래에서 하나로 합류하는 도로에서 옆차가 있는 걸 못 보고 차선을 바꾸려다가 빠앙 하고 경적으로 호되게 혼난 일이다. 아무래도 합류할 때 내 차의 각도가 사선이어서 사이드미러에 도로 상황이 제대로 담기지 못했던 것 같다. 운전 경력이 많지 않던 나는 이런 특수한 경우를 염두에 둘 줄 몰랐고, 욕먹어 마땅한 어이없는 실수를 이렇게나 저지르고 다녔다. 이런 경험을 통해 내 안에는 사각지대를 각별히 조심하는 감각이 뿌리내렸다. 내가 못 봤을 수도 있다, 내가 놓쳤을 수도 있다, 이런 가정을 기본설정으로 놓고 운전대를 잡으니 차선을 바꿀 때 전보다 더 꼼꼼히, 재차, 구석구석 확인하게 됐다. 거울로만 봐서 부족하다 싶을 때는 고개를 돌려 어깨 뒤를 직접 살펴보는 숄더체크도 종종 하곤 한다.

잠깐 곁가지의 이야기를 하자면, 사각지대에 대한 인식이 부족했을 때도 사고가 나지 않은 건 내게 좋은 습관 하나가 있어서라고 생각한다. 차선을 바꿀 때 확

바꾸지 않고 사선을 좁고 길게 그리며 들어가는 습관이 그것이다. 실수가 없는 게 가장 좋지만, 만일 내가 실수를 하더라도 옆 차선의 차가 충분히 사고에 대비할 수 있는 시간을 벌 수 있게 되어 안전하다.

그러고 보면 운전은 끊임없이 내게 겸손하라고 요구한다. '내가 못 봤을 리가 없어'라는 확신은 오히려 운전을 처음 시작할 때가 가장 컸고, 운전 경력이 늘수록 줄어들었다. 익은 벼가 고개를 숙이는 꼴이다. 사각지대는 어디에나 있다. 내가 보는 게 다가 아니다. 이런 태도는 일상생활에도 스며들어서 나의 고집을 꺾어주었고 보다 넓은 시각으로 주변을 바라보게 유도했다. 어느덧 내 삶의 일부가 된 운전은 삶의 또 다른 일부에 지속적으로 영향을 끼치고, 이런 연쇄 작용은 삶 전체를 새롭게 구성해간다. 그러니 운전을 배우면 운전만을 알게 되는 게 아니라, 이렇듯 삶도 배우게 된다. 내가 운전을 좋아하는 결정적 이유 중 하나라고 할 수 있다.

운전의 세계에 입장하고 난 후 나의 내면은 한 뼘 성장했고, 그 성장 중에서 가장 두드러지는 게 바로 겸손이다. 운전이란 게 혼자 하는 행위였다면 이런 성장도 거의 일어나지 않았을 테지만, 운전은 거대한 협업이기에 겸손을 배울 기회가 주어지는 것이다. 운전대는 혼자서 잡지만, 도로에 나가면 셀 수 없이 수많은 운전자와 발맞춰 도로 위를 달리지 않나. 우리는 그 질서 위에 올라탐으로써 협업이란 걸 배우고, 이런 협업의 훈련이 쌓여 내면의 성장을 이룬다. 내가 달리는 차선에 속한 차 중에 한 대라도 거북이 운행을 하면 그 차선은 대번에 느린 차선이 되는 것처럼, 우린 서로에게 지대한 영향을 주면서 운전이란 걸 한다. 마치 팀플레이와 같다. 나는 막히는 차선을 탈피해 좀 더 빠른 차선으로 갈아탈 때면 '새로운 팀에 합류한다'라고 생각한다. 그래서인지, 운전이 게임처럼 느껴질 때가 있다. 한 차선의 차들은 한 팀이다. 내 차선이 옆 차선보다 빠르면 우리 팀이 이긴 것 같은 기분이 들고, 옆 차선으로 옮겼는데 오히려 원래 차선보다 느려지면 괜히 팀을 배신해서 벌칙 받는 것 같은 기분이 든다.

　게임 같은 면이 있다고 해서 진짜 게임처럼 운전하면 큰일 나는 건, 두말하면 입 아픈 소리. 요리조리 칼치기 운전을 하면서 진짜 컴퓨터 게임 하듯 차를 모는 사람들을 목격할 때마다 나는 속으로 중얼거린다. 죽으려면 혼자 죽지. 그렇게 운전하는 사람들에겐 지나친 자신감이 만들어낸 자만심이 있어서 그것이 언젠가는 자신에게 독으로 작용하고 만다. 운전 자만심이 생기는 순간 사각지대에 대한 두려움도, 협업에 임하는 성실함도 사라지는 것이다. 나는 그런 운전자가 되지 말아야지, 또한 그런 인간이 되지 말아야지. 오늘도 나를 둘러싼 일상의 모든 사각지대를 의식하며 내 눈을 의심한다.

09

카메라에 찍히다

이미 지나간 일에 대처하는 마음의 기술

아는 길이라도 내비게이션을 켜고 운전을 하는 이유는 단속 카메라를 인지하기 위해서다. 길은 잘못 들면 돌아서라도 다시 찾아가면 되는데 카메라에 찍히는 건 돌이킬 수 없다. 카메라에 찍히고 7만 원이라는 피 같은 돈을 내본 경험 이후로 나는 도로 위 카메라를 의식하면서 운전하게 됐다. 마치 학교 다닐 때 학생주임 선생님 앞에서 괜히 옷차림을 점검하듯이 카메라 아래를 지날 때면 내 차의 속도가 적정한지, 위반사항은 없는지 스스로 검열하게 된다.

개인적으로, 운전하는 사람으로서 어려운 점이 있다

면 카메라에 대한 과도한 의식이다. 이렇게 나의 소심함이 또 한 번 드러나는구나 싶어 부끄럽지만, 나는 카메라 아래를 지나고 나서 항상 찝찝함을 느끼는 사람이란 걸 털어놓는다. 그리고 이 찝찝함을 해소하려고 매번 마인드 컨트롤을 해야 한다는 것도 밝힌다. 노란불에서 카메라 밑을 지나다가 빨간불로 바뀌는 걸 볼 때면 단속에 걸린 게 아닌가 싶어 불안하고, 규정 속도의 10퍼센트 정도는 초과해도 걸리지 않는다는 걸 알면서도 내 차의 속도가 조금이라도 빨랐다 싶으면 영 신경이 쓰이곤 한다. 그럴 때, 조수석에 누군가가 있다면 그 사람에게 "안 찍혔겠지?" 하고 습관처럼 묻는데, 상대는 대부분 "괜찮을 거야" 하고 대답해준다. 그러면 꽤 안심이 된다. 하지만 혼자 운전할 때가 훨씬 많은 터라 나는 마인드 컨트롤 방법을 마련하지 않으면 안 되었다.

마인드 컨트롤 방법 중 가장 효과가 좋았던 건 "찍혔어도 어쩔 수 없지"다. 현실 직시, 즉 냉정하게 바라보기 요법이다. 걸린 건 아닌지 걱정한다고 해서 벌금을 안 낼 수는 없지 않나. 이미 지나간 일은 놓아줘야 한다는 것, 이게 내게는 제일 효험 좋은 방법이었다. 처음엔 이런 생각을 해도 찝찝함을 떨쳐내기가 힘들었지만, 인간지사 모든 건 자꾸 하다 보면 느는 법 아니겠는가. 그런 불안감이 들 때마다 "찍혔어도 어쩔 수 없지"라는 말을 되뇌었고 이 훈련이 내게는 비단 운전할 때뿐 아니라 일상 속에서도 마음을 다스리는 특효약이 되어줬다. 사실, 이 말은 엄마가 내게 매번 해준 거다. 내 조수석에 가장 많이 앉은 장본인인 우리 엄마는 내게 최고의 멘탈 코치다. 운전을 하다 보면 짜증 나는 일도, 상처받는 일도 많은데 그럴 때 같이 짜증을 내주거나 신경 쓰지 말라고 말해주는 존재가 옆자리에 앉아 있으면 얼마나 큰 힘이 되는지 모른다. 무례한 차를 만났을 때 내가 욕하는 것보다 옆 사람이 화를 내주면 그게 더 속 시원하게 느껴질 때가 있지 않나.

차는 앞으로 달린다. 후진으로 달리는 차는 없다. 어쩜 이렇게 인생과 똑같을까. 우리의 시간은 과거로 흐르지 않기에 지나간 것을 되돌릴 방도는 어디에도 없다. 지나간 풍경이 아닌 눈앞에 펼쳐지는 풍경을 온전히 바라보고 음미해야 하는 이유다. 창밖의 풍경은 예외 없이 앞에서 뒤로 지나가는데 뒤에서 시작해 앞으로 감상하려고 들면 나만 힘들어질 뿐이다. 나는 내가 이 사실을 언제나 잊지 않고 기억했으면 좋겠다. 삶의 행복지수와 가치를 높이는 결정적인 열쇠라고 믿기 때문이다. 잊지 않기 위해서 카메라 아래를 지나갈 때마다 생각한다. 지나간 것은 돌이킬 수 없는 것. 내게 남은 건 오직 지금, 그리고 미래.

과거를 곱씹을 필요가 없는 건, 어차피 돌이킬 수 없어서이기도 하지만 그 걱정이 현실로 이뤄지는 경우가 드물어서이기도 하다. 실제로 나는 운전을 시작하고 지금까지 딱 한 번 강원도에서 신호위반에 걸린 것 말고는 카메라에 찍힌 적이 없다. 그런데 찍혔을까 봐 걱정한 건 못해도 800번은 되는 것 같다. 한마디로, 괜한 걱정을 하면서 에너지를 소모한 거다. 왜 이렇게 살아야 하나. 내가 스스로에게 주는 스트레스는 과연 가치 있는 스트레스인가? 생각해보면 그럴 필요가 전혀 없는데 어리석게도 그러고 살았던 거라는 결론에 이른다. 삶이라는 도로 위를 후진으로 달릴 생각일랑 앞으로는 하지 말아야지, 사소한 걱정을 할 시간에 창밖으로 펼쳐지는 현재의 풍경을 누려야지. 카메라 곱씹기 증후군과 이제는 결별이다.

10

내비게이션을 잘 볼 것

방향이 더 중요하다

　운전 자부심이 있는 친구 하나가 있다. 본인은 운전을 잘한다고 말하지만 미안하게도, 나는 인정해줄 수 없다. 이 친구에겐 내비게이션을 읽는 능력이 부족하기 때문이다. 이 친구의 차를 타면 목적지에 도착하기까지 예상 소요 시간보다 10분은 더 걸린다. "경로를 다시 탐색합니다"라는 내비게이션 안내가 여러 번 들린다. 친구는 차라는 기계 자체를 잘 움직이는 것만을 운전 능력이라고 여기고 있었다. 그러나, 직진을 아무리 잘하면 뭐하나, 서울로 가야 할 차가 부산으로 간다면 운전의 의미가 없지 않은가. 내비게이션을 잘 보고 목적지에 순조롭게 찾아가는 것 또한 운전 실력의 주요한 부분이라고 생각하는 바다.

방향은 언제나 핵심이다. 인생사가 그런 것처럼 말이다. 남이 달리니까 나도 달리긴 하는데 어디로 가는 건지는 당최 알 수 없다. 그냥 다른 사람들과 같은 방향으로 달리면서 이렇게 짐작한다. 다들 이 길로 가니까, 이게 맞는 길이겠지. 4년제 대학교의 유망 학과에 입학하고, 취업 준비기를 거쳐 대기업에 들어가고, 결혼 적령기에 결혼하고…. 솔직히 이렇게 사는 것도 무척이나 어려운 일이지만, 모두가 가는 길이 아닌 나만의 방향을 찾는 건 더 어려운 일이다. 그렇게 살다가 문득 달리는 차를 세웠을 때 뭔가 잘못된 듯한 기분이 든다면 그건 나의 내비게이션을 보지 않고 앞차를 따라갔기 때문이다. 결국 내가 원하는 목적지가 아닌 엉뚱한 곳에 다다를 수밖에 없다. 내 앞의 모든 차가 직진하더라 내가 여기서 우회전해야 한다면 그렇게 해야 한다. 우리에겐 각자 가야 할 길이 있으므로.

자기만의 방향을 찾는 건 누구에게나 쉽지 않은 일이다. 내비게이션을 보는 일도 처음엔 어렵다. 어렵지만 계속 보다 보면 는다. 처음에 운전을 배울 때 나는 신호를 받고 차가 정차할 때마다 내비게이션을 골똘히 쳐다보면서 지도 보는 법을 익히려고 했다. 운전도 이런데, 하물며 내 삶의 내비게이션을 읽는 일은 어떻겠나. 더한 연습이 필요한 건 당연하다. 한 사람의 마음엔 이미 그 사람이 찾는 모든 해답이 들어있다고 하지 않나. 해답이 바로 지도다. 그 해답에 가까이 다가가느냐 끝내 다가가지 못하느냐는 내 마음의 소리를 들으려는 평소의 노력에 좌우된다. 그러니까, 마음의 지도를 제대로 읽어내기 위해선 그것을 읽는 연습이 필요한 것이다.

그럼에도 길을 잘못 드는 실수는 언제나 있다. 나는 내비게이션을 잘못 봐서 실수하는 경우도 많지만, 아예 내비게이션 말을 무시하다가 큰코다친 적도 많다. 근래에도 그랬다. 아침에 인천 집을 출발해 서울 강남으로 가야 하는 일정이었는데, 길이 먼 만큼 빨리 가려고 욕심내다가 완전히 일을 망쳐버린 것이다. 내비게이션이 안내해준 도로로 진입하려는데 그 고속도로로 진입하기까지 너무 줄이 긴 거다. 차가 한 줄로 길게 늘어서서 움직이지 않고 있는 모습을 보니 막막한 마음이 들어 핸들을 확 꺾어 올림픽대로를 타는 제2의 길을 선택했다. 완벽히 잘못된 선택이었다. 내비게이션이 올림픽대로로 절대 안내하지 않은 이유가 있었다. 막혀도 너무 막혔다. 핸들을 꺾는 건 1초의 일이었지만, 그 이후의 일은 30분 지연이라는 엄청난 격차로 벌어졌고 나는 결국 약속 시간을 지키지 못해 곤란을 겪어야 했다. 당장 눈앞의 상황만을 보고 휘둘렸던 게 화근이었다. 느려 보이는 길은 사실 느린 길이 아니었는데 말이다. 길게 늘어선 줄이 아무리 답답해 보여도 그 구간만 통과하면 더 빠르게 갈 수 있는데 당장의 편리함에 눈이 멀어 그만 일을 그르친 내가 한심했다. 올림픽대로에서 다른 차들에 포위당한 채로 절망을 느끼는 그 기분이란.

이렇게 가끔 내비게이션과 갈등(?)을 빚기도 하지만 내비게이션이 있는 시대에 차를 몰 수 있어서 얼마나 다행인가 하는 생각을 자주 하곤 한다. 종이 지도를 보면서 운전했다는, 말만 들어도 존경스러운 윗세대의 경험을 나는 하지 않아도 돼서 감사할 따름이다. 가끔

길을 빙빙 두르게 만들기도 하고, 위치를 정확하게 못 잡기도 하면서 인간적인(?) 면을 보이지만, 내비게이션 덕분에 나는 어디든 자신 있게 갈 수 있다. 지도의 발전은 언제나 환영이다. 내가 어디로 가야 할지 안다는 것, 이건 너무도 어렵고 또 중요한 일이란 걸 알기에 나는 자주 이런 생각을 한다. 내 인생의 길을 안내해주는 내면의 목소리, 그 내비게이션을 좀 더 잘 읽는 내가 되고 싶다고.

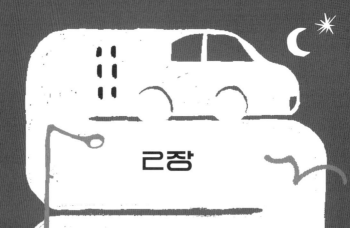

르장

자동차를 다루다

11

정비소에 가다

사슴눈 아저씨의 사기

　나의 첫 차 스파크는 친구에게서 300만 원을 주고 산 중고차다. 그 차를 사자마자 나는 차의 상태를 점검하기 위해 동네 카센터에 갔다. 아는 업체는 아니었지만, 아저씨의 태도나 말투나 인상으로 보아하니 아무래도 잘 찾아온 것만 같았다. 사슴 같은 눈을 한 선한 얼굴의 아저씨는 나의 작고 하얀 스파크를 들어 올려 여기저기 살펴보더니 내게 브레이크 패드를 갈아야 한다고 말해주었다. 브레이크면 브레이크지 브레이크 패드는 또 뭔가 싶었지만 나는 뭐든 할 생각으로 순순히 가격을 물었다. 45만 원이라는 답변이 돌아왔다.

나에겐 너무 크게 느껴지는 액수였다. 왜냐면 나는 300만 원에 그 차를 샀으니까. 브레이크 패드 몇 번만 더 갈면 차를 하나 더 살 수 있는 가격이니까. 안 되겠다 싶어 물었다. 당장 안 갈면 목숨에 지장이 있느냐고. 이토록 순수한 질문을 하자 사슴눈 아저씨는 한층 선한 눈빛을 반짝이면서 말했다. 아무래도 많이 위험할 거라고. 나는 고민이 됐다. 한창 돈이 없는 때였기도 했고, '거짓이거나 과장일지도 모른다'라는 마음의 소리도 들리는 듯했기 때문이다. 나를 걱정해주는 사슴눈의 투명한 호의를, 그러나 굳은 마음을 먹고 나는 뿌리쳤다. 다음에 와서 갈겠다는 말과 함께 미안한 내색을 최대한 내비치면서 카센터를 나왔다.

　다음 날, 스파크를 생산한 회사인 쉐보레의 공식 서비스센터에 찾아갔다. 공식 센터에 가면 좀 더 정직하게 차를 봐준다는 친구의 말을 접수한 터였다. 쉐보레 센터에서 근무하는 내 차의 담당 정비원은 사슴눈 아저씨만큼 다정하진 않았다. 그러나 그의 입에서 나온 말은 실로 놀라웠다. 진실로 그 말이야말로 선의의 결정체였다. 당장 특별히 손 볼 게 없다는 말이었다. 나는 다짜고짜 콕 집어 브레이크 패드를 갈지 않아도 되느냐고 물었다. 내 질문에 그는 아직 더 써도 된다고 했고, 나는 그만 깜짝 놀랐다. 그럼 브레이크 패드 교체비용은 얼마 정도 나오는지를 또 물었고, 17만 원이라는 답변을 받았다. 나는 또 한 번 여지없이 놀랐다.

  그렇게 차 정비에 관하여 하나를 배웠다. 웬만해선 공식 서비스센터에 갈 것, 한 군데 이상에서 견적을 받아볼 것. 그러나 사실, 그보다 더 귀한 것을 배웠단 걸 인정하지 않을 수 없다. 사슴눈을 하고도 거짓을 말할 수 있다는 것. 그런 존재가 사람이고, 그런 것이 어쩔 수 없는 직업인의 딜레마라는 것. 나는 사슴눈 아저씨가 악인이라고 생각하진 않는다. 내가 착해서가 아니라, 그곳의 직원이었다면 나도 그랬을 것 같아서다. 그는 그저 자신의 일을 했을 뿐. 그래도, 45만 원은 너무 심했다. 내 인생의 한순간에 사기의 신이 날 비껴간 것에 감사드릴 뿐이다.

  여담이지만, 지금은 아예 내가 부품을 직접 사서 동네마다 있는 '공임OO'에 가서 공임비만 주고 교체한다. 두 번째 차의 브레이크 패드는 그렇게 갈았다. 인터넷에서 내 자동차 기종에 맞는 브레이크 패드를 주문하면 여느 물건들처럼 집에서 택배로 받아 볼 수 있는데 그걸 가지고 카센터에 가서 브레이크 패드 가지고 왔으니 교체 좀 해달라고 말하며 주면 된다. 대략 1만 킬로미터마다 갈아줘야 하는 엔진오일도 인터넷으로 직접 산다. 다섯 통 정도 사면 충분하다. 그리고 엔진오일 갈 때마다 함께 갈아주면 좋은 엔진오일 필터, 에어 필터, 에어컨 필터도 인터넷으로 저렴하게 구매해서 공임 센터에 가져간다. 공임비만 계산하면 되니 한결 부담이 적다. 국내산 차는 이렇게 따로 사서 가지고 가는 게 큰 의미가 없다 해도, 외제차의 경우에는 확실히 직접 부품을 사서 공임만 부탁하는 게 저렴한 듯하다.

전보다 적극적으로 나서서 차를 손보니, 이제는 정비소 아저씨의 눈이 사슴눈인지 어떤 눈인지 살펴볼 필요가 없어서 얼마나 좋은지 모른다. 내가 차에 관한 기초지식을 갖고 나니까 대략 '저 제안은 사기다, 아니다' 하고 분별이 됐다. 그러니 '제가 완전히 문외한은 아닙니다'를 표시할 수 있게끔 차에 관한 민간(?) 용어도 좀 알아놓을 필요가 있다. 예를 들면 '지렁이' 같은 단어랄까. 한번은 타이어에 못이 박혀서 타이어를 전문으로 파는 가게에 찾아갔더니 정비 직원이 대번에 타이어를 갈아야 한다고 진단을 내렸다. 다른 쪽 타이어까지도 몽땅 갈 때가 됐다나 어쩐다나. 바퀴 하나에 10만 원이 훌쩍 넘었다. 타이어가 그렇게 비싼 물건인 줄 그때 나는 처음 알았다.

앞서 사슴눈 아저씨의 진한 교훈이 있었던 터라 나는 직원분에게 잠깐만 생각해보겠다고 말한 후 얼른 휴대폰 찬스를 썼다. '타이어 못 박힘'을 검색해 보니 못을 빼고 '지렁이'를 하면 된다고 안내하고 있었다. 즉, 못을 빼내고 그 자리에 난 구멍을 지렁이라고 불리는 어떤 물질을 주입해 때우면 한참을 더 탈 수 있다는 설명이었다. 안전에도 무리가 없다고 했다.

나는 곧장 그에게 다가가 최대한 자연스러운 말투로 청했다. "그냥 이번에는 지렁이로 때워주세요. 좀 더 타다가 다음에 와서 갈게요" 하고. 정비공은 일언반구, 두말없이 그렇게 해주었다. 지렁이라는 전문(?) 용어가 제대로 먹힌 것이다. 사기의 신을 또 한 번, 잘 피했다. 이 경험 이후로는 정비소에 찾아가기 전에 미리 인터넷으로 차량의 해당 문제에 대해 검색을 해본다. 인터넷은 정말 없는 게 없지 않나. 참, 타이어는 무작정 교체하는 게 아니라 앞의 두 바퀴와 뒤의 두 바퀴를 한 번쯤은 서로 교체해준 다음 계속 타고 다닌 후에 가는 경우가 많다. 대부분의 차들이 전륜구동이라 앞바퀴가 더 많이 닳기 때문이다. 비교적 덜 닳은 뒷바퀴를 앞으로 보내주고, 앞바퀴를 뒤로 보내줌으로써 앞바퀴의 상태를 더 좋게 해준 다음 더 타는 원리다.

아는 만큼 보인다는 말은 때론 먹통이지만, 자동차에서는 여지없이 들어맞는 말이 아닐까 싶다. 알아야 내 차를 잘 지킬 수 있다. 그러나 알기 위해 각 잡고 공부할 필요까지는 없다. 그저 사랑하면 된다. 내 차를 사랑하는 마음은 자연스럽게 차에 대한 지식을 넓혀줄 테니. 사랑하면 알고 싶어진다고 하지 않나. 내 자동차가 사랑스러우면 좋은 상태로 오래 타고 싶은 마음에 차 관리법들을 찾아보게 되고, 그런 게 쌓이다 보면 잘못된 정보와 장삿속에 휘둘리지 않고 스스로 지켜낼 수 있는 것이다. 그래, 내 건강은 내가 지키는 것처럼,

내 차도 내가 지킨다. 나는 지금 모는 차를 오래, 벽에 기름칠할 때까지 탈 것이다.

12

자동차라는 내밀한 공간

자기만의 방을 갖는다는 것

어릴 때 놀다 보면 꼭 책상이나 식탁 밑처럼 좁고 아늑한 공간으로 기어들어 가곤 했다. 나만의 요새로 숨어든다는 건 꽤 매력적인 일이다. 어린이들은 다 그런 모양이다. 큰 박스가 보이면 어떻게든 집처럼 만들어서 그 안에서 가상의 세계를 누린다.

어른이 된 나는 책상 밑 대신에 자동차로 숨어들곤 한다. 자동차는 완전한 요새다. 그곳은 온전히 혼자만의 공간이요, 독립적인 세계다. 물론 혼자 사는 나로서는 내 집도 나만의 공간이지만, 그래도 좀 다르다. 설명하기 힘들지만, 집보다 자동차가 '더 자기만의 방'이라고 할까. 그 이유는 아무래도 공간의 크기에 있을 듯 싶다. 자동차는 집보다 훨씬 작지 않나. 그야말로 어릴 때 숨어들던 박스보다 조금 더 큰 공간이다. 그러니 자연스럽게 어느 장소보다 몰입감 있는 공간이 되어준다. 아늑한 아지트처럼. 그리고 또 한 가지 결정적인 이유가 있는데, 그건 바로 운전이라는 행위에 있다. 달리는 자동차 안에서 우리는 운전밖에 못 한다. 딴짓을 못 하니, 잡다한 일들에서 강제적인 해방이다. 그럼 우린 자연스럽게 생각에 빠져든다. 음악을 틀어놓고 흠뻑 젖어들 때도 종종 있지만, 나는 운전을 하면서 그냥 고요히 혼자 생각에 잠기는 경우가 많다. 극장에 가면 영화 보는 일 말고는 다른 일을 할 수 없기 때문에 집에서 넷플릭스로 볼 때보다 영화에 몰입이 더 잘 되는 것처럼, 차 안에서 홀로 생각에 잠기면 TV도 있고 책도 있고 냉장고도 있는 집에서보다 더 밀도 높은 사색을 할 수 있게 된다. 게다가 운전이라는 게 오직 앞을 응시하면서 시각적으로 바뀌는 풍경을 가만히 지켜보는 행위여서 명상과 묘하게 닮은 구석이 있다. 명상도 보통은 한자리에 가만히 앉아서 자신의 호흡에 집중하는 행위니 말이다.

차는 이토록, 완벽한 자기만의 방이다. 버지니아 울프가 말했던 바로 그것, 자기만의 방. 혼자 운전을 할 때 비로소 자기 안의 자기와 만나는 독대의 시간이 시작되고, 자신과의 대화는 핸들을 잡은 채로 도로만큼이나 넓게 확장된다. 눈에 보이지는 않지만, 귀로 소리가 들리지는 않지만, 우리 내면에서 이 모든 활동이 격렬히 일어나는 것이다. 목적지에 도착해서 차에서 내릴 때쯤이면 고민하던 문제 하나가 뚝딱 해결돼 있을 때도 적지 않았다.

여기서, 내가 가장 소중하게 생각하는 포인트는 이것이다. '스스로' 생각할 수밖에 없는 환경이 바로 자동차란 것. 나로 하여금 내 문제에 관해 주도적으로 생각하게 만들어준다는 것은 운전의 큰 매력이다. 우리가 무언가를 고민할 때 보통은 주변으로부터 힌트를 얻기 마련이지 않나. 그게 쉽고 빠르니까. 현대인은 더 그렇다. 컴퓨터나 휴대폰으로 검색을 해보거나, 친구에게 고민 상담을 요청하거나, 책을 보거나, 그 밖에도 여러 외부요소와 '함께' 생각한다. 그러나 운전 중에는 휴대폰을 볼 수도, 책을 뒤적일 수도 없으니 '혼자 고민하는 힘'이 커질 수밖에 없다. 외부의 말들을 듣기 전에 먼저 제 힘만으로 사유하는 시간을 갖는다는 건 '나다운 내가' 되는 데 큰 도움이 되는 일이라고 믿는다. 나를 만드는 건 자기만의 방 안에서의 극히 개별적인 사색이니까. 학창 시절에 수학 문제를 풀 때도 뒤에 있는 해답지를 보고 '아하' 하는 건 진짜 깨닫는 게 아니지 않은가. 잘 안 풀리는 문제를 붙들고 혼자 머리를 쥐어뜯으며 한바탕 격렬하게 끙끙 앓고, 그러고 나서 해답지를 펼쳐보며 '아하'란 두 글자를 뱉을 때, 비로소 진짜 내 것이 된다. 진정한 깨침으로 내 안에 남는다. 그렇게 수학 실력이 한 뼘 성장한다.

헤르만 헤세의 《데미안》을 살면서 여섯 번 정도 읽었다. 그 책이 말하는 건 '내 안을 들여다보면 거기에 모든 게 다 있다'라는 거였고, 나는 그 메시지를 잊지 않으려고 되뇌며 산다.

"그러나 이따금 열쇠를 찾아내어 완전히 나 자신 속으로 내려가면, 거기 어두운 거울 속에서 운명의 영상들이 잠들어 있는 곳으로 내려가면, 거기서 나는 그 검은 거울 위로 몸을 숙이기만 하면 되었다. 그러면 나 자신의 모습이 보였다. 이제 그와 완전히 닮아 있었다. 그와, 내 친구이자 나의 인도자인 그와."

나는 삶의 수면으로 떠오르는 매 질문 앞에서 가장 먼저 내 안에서 답을 찾아보려고 시도하는데, 이건 나만의 규칙 같은 거다. 이 규칙을 잘 지킬 수 있도록 도와주는 게 자동차고. 말이 나온 김에, 스스로 고민하는 힘에 관한 한 배우의 생각을 한번 전해본다. 인상 깊게 읽어서 적어두었던 인터뷰다.

"저는 저 자신이 아닌 누구에게도 의지를 하지 않으려고 노력하는 편이에요. 고민이 생기면 혼자 시간을 갖고 먼저 이유를 찾아보려고 노력했어요. 그게 안 될 때 책을 봤던 것 같아요. 책을 고를 때는, 제 내면의 소리를 먼저 들어보고 시간을 갖는 편이에요. 무조건 책부터 열어 교훈을 얻으려고 하기보다는 먼저 스스로 곰곰이 생각하다가 사유가 원하는 데까지 미치지 않을 때 제목이 끌리는 책을 선택해요."(문학잡지 〈릿터〉 25호, 박은빈 배우 인터뷰 중)

그도 운전을 할까 문득 궁금해졌다. 운전을 한다면

분명 많은 시간을 차 안에서 내면의 소리 듣기 작업을 하겠지. 이런 생각을 하니 홀로 핸들을 잡은, 다소 멍 때리듯 전방을 응시하며 도로를 달리는 모든 운전자들과 동지가 된 듯한 기분이 든다. 자기만의 방 향유자 모임의, 다정한 동지들.

13

오빠의 낡은 자동차

고쳐 쓰는 기쁨

부산 본가에 내려갈 때면 오빠 차를 빌려 탄다. 나는 오빠에게 차를 바꾸라고 매번 이야기한다. 오빠의 오래된 차는 종종 말썽을 일으켜서 우리 가족을 당황하게 만들곤 한다. 그런데도 오빠는 차를 바꾸지 않고 매번 수리한다. 어느 날은 차에서 연기가 나기도 했고, 어느 날은 시동이 안 걸리기도 했지만, 오빠는 집 근처 단골 카센터에 가서 문제 부위를 고쳐서 잘 타고 다녔다. 고치면 아직 충분히 탈 만하다는 것이었다. 내 논리는, 수리비가 자꾸 들어가니 그 돈을 모으면 꽤 되지 않느냐, 그러니 아예 이참에 차를 바꾸는 게 어떻겠

냐는 것이었지만 오빠는 논리가 아닌 애정으로 자신의 차를 대했다. 알고 보니, 오빠는 자신의 첫 자동차에 각별한 애정을 지니고 있었다.

그 애정이, 이제는 이해가 간다. 2년 전에 바꾼 내 세 번째 자동차, 그러니까 지금 타고 다니는 이 차에 나 역시 그런 애정을 품고 있기 때문이다. 이 차가 나는 유독 마음에 든다. 이 차에 문제가 생기면 나 역시 끝까지 고쳐서 탈 것 같다. 입장을 바꿔서 생각하니 그제 야 오빠가 이해됐다. 내게는 오빠 차를 향한 애정이 별로 없지만, 오빠는 자기 차니까 달랐던 거다.

나는 오빠 덕분에 고쳐 쓰는 기쁨이란 걸 알게 됐다. 자동차는 특히 그렇다. 아무리 새 차여도 사람이 단 한 번이라도 모는 순간 그 차는 중고차가 되고, 고칠 것이 하나둘씩 생겨나기 마련이다. 차라는 건 원래 소모품 이기에 그렇게 고치고 관리해가며 타는 게 정상이다. 차 정비소가 우리 주변에 이렇게나 많다는 게 그 증거 가 아니겠는가. 그러니, 차에 문제가 생길 때마다 자신 의 차를 말썽꾸러기 취급하고 미워하는 마음을 갖는 건 별로 좋은 태도가 못 되는 듯하다. 아무리 좁고 오래돼도 내 집이 가장 편한 것처럼, 차도 익숙한 내 차가 편하다. 단, 앞에서 언급했듯 애정에 기반해야 고쳐 쓸 마음도, 오래된 데서 오는 편안함도 느낄 수 있다. 내 두 번째 차는 그러지 못했기 때문에 1년 남짓 만에 팔 수밖에 없었던 거고.

두 번째 차에 대해 잠시 이야기하려 한다. 애정이 컸던 나의 첫 번째 차 스파크는 사고로 폐차했는데 이 자초지종은 뒤에서 자세히 풀겠다. 아무튼, 첫 차를 폐차하고 나는 두 번째 차로 어떤 차를 살지 치열하게 고민했다. 무슨 차를 살까 고민하는 것만큼 달콤한 시간은 또 없었다. 행복한 고민 끝에 내 인생 두 번째 차로 선택한 건 BMW 118d였다. 중고라서 그런지 국산차와 가격 면에서 큰 차이가 없었다.

중고였지만 상태는 좋았다. 외관도, 내부도 새 차처럼 광이 났다. 애지중지 아끼며 1년 가까이 탔을 때, 자잘한 문제들이 하나둘씩 생겼다. 어느 날은 신호를 받고 정차해 있는데 차가 앞으로 스르르 미끄러지더니 앞차의 뒷범퍼를 박은 적도 있었다. 아무리 브레이크를 세게 밟아도 소용이 없었다. 그리고 얼마 되지 않아

경적이 작동하지 않았다. 화를 표현하지 못한다는 치명적인 불편을 제외하면 경적이 작동하지 않아도 운전하는 데 큰 문제는 없었지만 진짜 문제는 이런 잔고장 때문에 내 마음이 이 차를 떠났다는 것이었다.

정비소에 가서 두 가지 문제를 고치려고 했지만, 차가 미끄러지는 건 원인을 찾지 못했고, 경적은 BMW 118d의 특성상 핸들 전체를 해부하여 통째로 부품을 교체하는 방법밖에 없다는 진단을 받았다. 80만 원이 드는 수리였다. 큰 금액이 부담스러웠지만 그보다 더 내키지 않았던 건 핸들을 칼로 째서 대수술을 한다는 점이었다. 핸들만큼 운전할 때 중요한 게 없는데 그걸 건든다는 게 영 찜찜했다. 일단 집으로 돌아왔다. 그리고 몇 주를 더 타면서 고민했다. 그러면서 알게 된 게, 내가 이 차에 확실히 정이 떨어졌다는 사실이었다. 애정이 있다면 고쳐 쓰고 싶은 마음이 들어야 할 텐데, 애정이 줄어들다 보니 고쳐 쓰기보다는 차를 교체하고 싶은 마음으로 기울었던 거다. 결국 나는 1년 만에 다시 차를 바꿨다.

2~3년 정도 차를 타다가 좋은 값에 팔고 그 돈으로

타고 싶었던 또 다른 차를 사서 타다가 다시 팔고, 이런 식으로 계속해서 차를 바꿔 타는 사람들도 있다고 들었다. 이것 역시 차를 사랑하는 하나의 방식일 것이다. 고쳐 쓰는 것만이 애정의 유일한 척도는 아닐 테니까. 그럼에도 나는 마음에 드는 차를 운명처럼 만나 오래 타는 게 작은 바람이다. 마치 반려동물과 정서적으로 깊은 관계를 맺고 그들을 평생 보살피는 일처럼 차도 그렇게 아끼고 사랑해가며 오래 타보고 싶다. 그러고 보면 올드카를 사랑하는 사람들의 심리도 알 수 있을 듯하다. 지금은 단종된, 옛날 기종의 차를 어렵게 구해서 애지중지 손을 본 후 타고 다니는 이들에게 자신의 손길 하나하나가 깃든 클래식카보다 소중한 새 차는 없다. 나도 언젠가는 세월의 향기를 그윽이 머금은, 노쇠하지만 특별한 기품이 넘치는 클래식카를 몰아보고 싶다.

14
주차장이 없다

삶의 질은 이렇게도 향상될 수 있다

살면서 다시 경험하고 싶지 않은 지옥 중 하나가 주차 지옥이다. 첫 차를 우발적일 정도로 갑자기 구입한 나는 집에 차 댈 곳이 없다는 걸 차를 산 그날 저녁에 비로소 알았다. 그것 참 곤란했다. 할 수만 있다면 방 안에 차를 넣어두고 싶은 심정이었다.

그때 내가 살던 미아동 골목의 원룸 건물에는 딱 세 대의 차만 댈 수 있는 주차공간이 있었다. 그러니까, 주차장이 있긴 있었으나 이미 건물 주인 아주머니와의 약속 아래 가장 오래 거주한 세 명의 세입자가 세 자리의 주인이었다. 차를 산 날, 어쩔 수가 없어서 일단 세

자리 중 한 군데에 내 스파크를 대놨던 나는 저녁 시간쯤 차를 빼달라는 전화를 받았다. 가슴이 두근댔다. 내가 차를 뺄 수 있을까. 사실 정확히 말하자면 집 앞에 주차를 해놓은 것도 내가 아니라 친구였다. 자기 차를 중고로 넘겨주기 위해 몰고 와서는 거기에 대주고 간 것이었다. 한마디로, 나는 면허만 있지 아직 실전에서 자동차를 몰아본 적 없는 사람이었다는 소리다. 심호흡을 하고, 있는 용기 없는 용기를 끌어모아 차를 빼러 달려나갔다. 빼긴 뺐다. 하지만 좁은 주택가 어디에도 내 작은 차 하나 댈 자리는 없었다. 20분쯤 헤맸을까. 할 수 없이 내가 사는 곳 맞은편의 다른 원룸 건물에 나의 스파크를 주차했다. 빈자리가 꽤 많았기 때문이다.

　2시간 후쯤 전화가 울렸다. 화가 잔뜩 난 여성이 "여기 사는 사람도 아니면서 차를 대면 어떡해요! 당장 나와서 빼요!" 하고 소리를 질렀다. 나는 부리나케 뛰어나가느라 비가 오는 줄도 몰랐다. 밤은 깊었고 쉽지 않은 시간이 될 거란 예감이 엄습했다. 차를 빼서 당장 세워둘 다른 장소가 없는데 내일 아침까지만 좀 세워두면 안 되느냐고 통사정을 했지만, 여자는 어이가 없다는 투로 말도 안 되는 소리 말고 당장 빼라며 윽박질렀다. 이미 인적 없는 늦은 밤이었고, 주차공간이 그 건물엔 세 군데나 비어 있었기 때문에 야속하다는 생각이 들었지만 어쩔 수 없었다.

차에 올라타서 내가 들어온 좁은 골목을 다시 나가려고 했다. 그런데 골목이 너무 어두웠고, 또 전화번호도 안 적힌 오토바이가 골목 한쪽에 세워져 있었고, 들어올 때와 달리 후진으로 차를 빼야 해서 도저히 각도가 안 나왔다. 진퇴양난의 상황에 빠져버린 것이다. 혼자 무려 50분을 낑낑댔지만 도무지 차를 뺄 수가 없었다. 시간이 정말 빨리 갔다. 눈물이 찔끔 나오려 했다. 방법이 없었다. 나는 여자에게 전화를 했다.

"저⋯ 아까 그 사람인데요. 차를 도저히 못 빼겠어요. 제가 많이 초보인데⋯ 차 좀 대신 빼주시면 안 될까요?"

5분쯤 지났을까. 여자가 우산을 쓰고 내려왔다. 어

이가 없다는 표정이 역력했다. 나는 저자세를 유지하며 이 난해한 골목에서 내 차를 좀 빼달라고 애원했다. 여자는 상황이 어쩔 수 없다는 걸 인지하고는 이내 내 차에 올라타서 조심스럽게 차를 운전했다. 10분쯤 지났을까. 바늘구멍에서 낙타가 빠져나오듯 좁은 골목에서 내 차가 조금 더 넓은 골목으로 간신히 빠져나왔다. 여자는 한숨을 쉬며 들어가버렸고, 우산도 없이 나온 나는 얼른 차에 올라탔다. 그리고 그 밤에 온 동네를 배회했다. 길주차를 해야겠다고 생각했지만, 그마저도 자리가 없었다. 그래도 딱 한 자리가 눈에 띄기는 했다. 남의 집 대문 앞을 반쯤 가리는 자리였지만 어쩔 도리가 없었다. 평행주차의 평 자도 모르는 나는 30분에 걸쳐 간신히 주차를 하고 비를 맞으며 집으로 돌아왔다. 지옥도 그런 지옥이 없었다.

　나는 그날 새벽에 컴퓨터를 열고 이사 갈 집을 알아봤다. 이런 일을 매일 겪어야 한다고 생각하니 이사 말고는 답이 없었던 거다. 이사 갈 집의 첫 번째 조건은 물론 주차공간이었다. 주차장이 넉넉한 원룸 또는 오피스텔을 알아봤고 결국 서울 마곡에 있는 한 오피스텔로 이사를 결정했다. 주변에선 잘 살던 집 놔두고 왜 갑자기 이사를 가느냐고 물었고, 나는 차를 샀는데 댈 곳이 없어서 이사한다고 답했다. 물론 다들 웃음을 터뜨렸지만, 나는 새로운 집에서 마음 편히 주차할 생각에 행복하기만 했다.

마곡 오피스텔은 천국이었다. 주택 혹은 원룸에서만 살았던 나는 이때 처음 오피스텔이란 곳에 살아보게 됐는데 엘리베이터도 있었고 대리석 바닥 복도에, 건물이 높아 전경도 좋았다. 집 안 시설은 말할 것도 없이 깔끔했고, 무엇보다 중요한 주차장은 지하 4층까지 넉넉히 있어서 아무리 밤늦게 집에 들어가도 주차 자리가 여러 군데 남아 있었다. 한 칸당 할당된 넓이도 넓어서 주차하기도 쉬웠다. 아, 이런 세계가 있었구나!

오피스텔이란 게 이렇게 좋은 건지 나는 왜 진작 알지 못했을까, 왜 원룸만 찾아다녔을까, 헛웃음이 나올 지경이었다. 지금은 그 오피스텔보다 더 나은 아파트로 이사 왔는데, 여기 오기 전에 그 오피스텔에서 몇 년간 아주 편안하게 잘 살았다. 차를 사지 않았다면 아마 미아동의 원룸에서 더 오래 살았겠지. 삶의 질이 이

렇게 예기치 않은 사건으로 높아질 수도 있다니, 희한
하다.

15

중고차를 고르다

선택이 힘들 때 떠올려야 할 것

　다시 두 번째 차 이야기를 해보려 한다. BMW 말이다. 사고로 첫 차 스파크를 폐차하자마자, 아니 폐차하는 편이 낫다는 이야기를 듣자마자 나는 그날 밤을 시작으로 서둘러 다음 차를 알아보기에 착수했다. 평소에도 추진력이 있는 편인 나는 폐차하고 받을 보험료를 미리 계산하여 대략적인 예산 범위를 정하고서는 곧장 중고차 온라인 플랫폼을 뒤졌다. 소형차부터 중형차까지, 오래된 차부터 신차 같은 중고까지, 국내산 차부터 외국산 차까지, 몇백만 원대부터 몇천만 원대까지 꼼꼼히 하나하나 구경해보는데 그렇게 재미있을 수가 없었다. 가끔 가구매장에 가서 반질반질한 새 가구들을 보면 기분이 상쾌해지곤 하는데 차를 둘러볼 때도 꼭 그런 기분이었다. 사지 않아도, 멋진 차들을 사서 타고 다니는 상상만으로도 너끈히 배가 불렀다.

처음에는 마냥 설렜다. 이 차는 연식이 얼마 안 돼서 좋고, 저 차는 주행거리가 짧아서 좋고, 그러다가 몇 대를 추려서 이상형 월드컵도 해보고, 즐거웠다. 그런데 어느 순간부터 괴로운 감정이 스멀스멀 올라오는 것을 느꼈는데 이유는 단순했다. 선택지가 늘어나다 보니 도저히 못 고르겠는 지경에 이른 것이다. 예산 안에서 살펴본 차들은 비슷비슷한 정도로 마음에 들었는데 그 '고만고만함'이 정말 사람을 미치게 했다. 확 마음에 들어오는, 마치 누군가에게 한눈에 반하듯 보자마자 '이건 사야 해!' 하는 차가 나타나지 않았던 거다.

그러는 중에 1인 소유의, 무사고 차량에 연비도 좋고 가격대도 좋은 차를 발견하고 이걸 사야겠다는 생각에 이르렀다. 하지만 찜찜한 점은, 나에게 딱 맞는 옷을 찾은 듯한 확고한 기분까지는 좀처럼 들지 않았다는 거다. 아는 동생에게 급히 연락했다. 동생은, 차를 좋아하고 또 차에 관해 잘 아는 자기 남편을 동원해서 나의 새로운 자동차 사기 프로젝트에 적극 동참하고 나섰다.

동생과 동생의 남편, 나 이렇게 셋이 채팅방을 만들어서 서로 괜찮다 싶은 차를 발견할 때마다 링크를 올리고 치열한 회의를 했다. 그러나 좀처럼 명쾌한 답은 나오지 않았고 후보만 많아져서 더욱 고르기가 힘들었다. 그러다가 두 대의 차가 최종적으로 추려졌고 나는 최후의 기로에 놓였다. 하나는 이성적으로 이것저것을 따졌을 때 가성비가 좋은 차였고, 하나는 조건이 그리 좋은 차는 아니었지만 디자인을 비롯한 매력 면에서 나를 끌어당기는 차였다. 둘 중에서 내가 혼란스러워하자 이를 지켜본 동생의 남편은, '어딘가 저장해뒀던 이미지를 드디어 찾았어요'라는 한마디와 함께 내게 사진 한 장을 보내왔다. 근사한 자동차 그림 위로 다음과 같은 문구가 큼지막하게 적힌 포스터였다.

"If you don't look back at your car after you park it,

you own the wrong car!(만일 주차를 한 후에 당신의 차를 돌아보지 않는다면, 당신은 차를 잘못 산 것이다!)"

이 문구를 본 순간, 모든 게 시원하게 정리되는 듯했다. 바로 답 메시지를 보냈다. 어떤 차를 살지 덕분에 결정했다고. 나는 조건이 다 들어맞진 않지만 내 마음을 끌어당긴 차를 선택했다. 그 차를 사야지만 주차를 하고 나서 돌아볼 것 같았기 때문에, 돌아보고는 뿌듯하게 씩 웃을 수 있을 것 같았기 때문이었다. 논리보다는 마음이 따르는 걸 택한 것이다. 그 포스터의 문구는 내게 꽤 명료한 기준이 되어주었다. 그렇게 산, 내 인생 두 번째 차가 바로 BMW 118d다(비록 결과가 좋진 않았지만).

사실 BMW 118d는 몇 년 전부터 마음에 담아뒀던 나의 드림카 중 하나였다. 그런데 아주 먼 훗날 부자가 되면 그때 살 수 있을 거라고만 생각했던 터라 처음엔 후보에도 넣지 않았다가 나중에 가서야 '중고라서 가격대도 괜찮은데 지금 못 살 건 또 뭐람' 하는 마음으로 구매를 진지하게 고려한 거다. 그러다가 짧고 강렬

한 그 글귀를 만나 비로소 최종 결정을 내릴 수 있었던 거고. 재밌는 건, 차를 사고 난 후에도 그 문구가 계속 마음에 남아 무언가를 선택할 때 기준점이 되어주었다는 점이다. 가구를 살 때도 생각해본다. 어떤 가구를 사야 내가 일상 속에서 문득문득 뒤돌아 다시 한 번 그 가구를 쳐다볼까, 하고. 옷을 살 때도 마찬가지다. 입고서 거울에 비춰보며 생각한다. 이 옷을 입고 길거리를 다니면 쇼윈도에 비친 내 모습이 보고 싶을까.

사실, 모든 선택에는 후회가 따른다. 완벽한 선택이란 건 인생에서 쉽게 만날 수 없다. 그렇기 때문에 선택이란 가장 어려운 문제고, 또한 동시에 가장 쉬운 문제이기도 하다. 후회를 피하는 데 초점을 맞추면 끝도 없이 어렵지만, 마음이 조금이라도 더 끌리는 것을 따라간다는 원칙을 지키면 더없이 쉽다. 내게 두 번째 차 구매 에피소드는 살면서 마주하는 선택들을 어려운 무엇에서 쉬운 무엇으로 탈바꿈해주는 계기가 됐다. 그 포스트 이미지는 내 사진첩 즐겨찾기 폴더에 잘 담겨 있다.

16

세 번째 차를 사다

확신의 결정은 언제나 후회가 없다

지금 타고 있는 자동차는 내 인생 세 번째 차다. 이것도 중고로 샀다. 앞서 언급했듯, 두 번째 차에 자잘한 고장이 있어서 지금 차로 바꾼 건데, 사실 두 번째 차는 1년밖에 안 탄 터라 바꿀 생각까지는 아니었지만 하다 보니 그렇게 됐다. 나란 사람은 한번 마음을 빼앗기면 어쩔 수 없이 저지르는 존재인가 보다. 어느 날, 앱으로 심심풀이 삼아 중고 자동차를 구경하다가 예전부터 마음에 담아왔던 차가 매물로 나와 있는 걸 딱 발견해버린 것이다. 또 다른 드림카와의 조우였다. 이걸 사야겠다는 생각이 덜컥 내 정신을 점령해버렸고 나는 홀린 듯 차에 대한 정보를 살폈다. 꽤 좋은 상태의 매물이었다. 가격도 적당했고, 무엇보다도 그 중고차 매매 회사의 전국 모든 지점을 통틀어 딱 한 대밖에 없는 귀한 차였다. 5분을 고민한 후, 나는 곧바로 예약을 걸었다. 다음 날 아침에 사러 가겠노라고.

이게 자정쯤의 일이니, 내가 매장으로 향한 건 겨우 몇 시간 후였다. 기분을 상쾌하게 하는 맑은 날씨의 아침이었다. 천만 원이 넘는 물건을 아무렇지 않게 혼자서 사러 가는 내가 문득 어른스럽게 느껴졌다. 새 차와 맞바꿀 두 번째 차 BMW를 타고 그렇게 25분가량을 달렸을까. 드디어 약속 장소에 도착했고 그러고는, 마침내, 만났다. 새 주인인 나를 애타게 기다리고 있는 볼보 V40을. 깊은 하늘빛이 도는 근사한 차였다. 우아한 굴곡의 앞 라인도, 귀여운 뒤태도, 베이지 톤의 고급스러운 내부 인테리어도, 모든 게 더할 나위 없이 내 마음에 안성맞춤이었다. 첫 번째 차도, 두 번째 차도, 세 번째 차도 모두 해치백이니, 내가 생각해도 참으로 굳건한 취향이 아닐 수 없다. 아무튼, 나는 더 마음에 드는 해치백을 찾았기에 더는 주저할 필요가 없었고,

타고 간 차를 내어주고 세 번째 차를 정식으로 맞이했다. 돈을 더 지불해야 했지만 쓰라림보다 기쁨이 컸다.

그렇게 만난 볼보 V40을 나는 2년 가까이 잘 타고 있다. 그토록 짧은 시간에, 단번에 결정한 결과치고는 만족감이 상당하다. 아니, 어쩌면 아주 조금만 고민하고 내린 결정이기 때문에 오히려 만족감이 이렇게 큰 것인지 모른다. 그만큼 확신이 있었다는 거니까. 무엇을 선택해야 할 때마다, 어떤 일을 결정해야 하는 순간마다 갈피를 못 잡고 자주 식은땀을 흘리곤 하던 나는 이번 일을 계기로 새로운 관점을 얻었다. 더 오래 고민한다고, 더 신중하게 생각한다고, 더 이성적으로 앞뒤를 재본다고 해서 만족스러운 결정을 내리는 게 아니라는 걸 깨닫게 된 것이다.

확신이란 그런 것들을 뛰어넘는 힘이다. 왜냐면 확신 안에는 한 사람의 머리가 아닌 가슴으로부터 나오는 속성의 것이 깃들어 있기 때문이다. 이게 정말 힘이 세다. 나는 살아가며 큰일이든 작은 일이든 무언가를 결정할 때 '생각'이 아니라 '확신'을 따르기로 비로소 결심했다. 이 말에 이렇게 반문하는 독자도 있겠다. 확신이란 게 내가 원한다고 오는 것이 아닌데 그럼 확신이 안 들면 어떻게 하느냐고. 내 생각은 이렇다.

확신은 외부에서 뚝 떨어지는 것처럼, 마치 내게 알아서 찾아와주는 것처럼 보이지만 결코 그렇지 않다. 확신은 한 사람의 마음 안에 숨어 있다. 확신이 있는 곳은 외부가 아니라 내부다. 내가 내 마음을 평소에 잘 들여다봐왔을 때 비로소 얻게 되는 선물과 같은 것, 그러한 보상이 확신인 것이다. 달리 말해서, 당신이 선택의 갈림길 앞에서 명쾌하고 자신감 있는 결정을 내렸다면 그건 우연히 얻어걸린 행운이 아니라 당신이 당신을 잘 들여다본 결과인 것이다. 확신이 자기 발로 나를 찾아온 게 아니라, 내가 숨어 있는 확신을 찾아낸 거고 그러니 확신이란 노력으로 얻을 수 있는 대상이라는 의미가 된다. 수많은 성자가 '네 마음의 소리를 들으라'는 말을 하지 않았던가. 찾아보면 마음 안에 확신은 반드시 존재하고 있는데 우리가 자기 마음을 고요히 들여다보지 않았기 때문에 인생의 크고 작은 선택 앞에서 선명한 결정을 내리지 못한 채 패닉 상태에 빠지고 만다. 타인이 좋다고 하는 것, 타인이 옳다고 말하는 걸 따르는 결정이 아닌 나에게 최선인 결정을 내리기 위해선 결국 내 마음의 소리에 귀 기울이는 능력이 필요하다. 나만의 정답은 내 가슴의 소리를 나 자신이 들어줬을 때 슬며시 경계를 풀고 고개를 들어주니까.

마음으로부터 솟아난 결정이기에 확신에는 별로 후회가 남지 않는다. 후회란 얼마나 괴로운 감정이던가! 이 집이 아니라 그 식당에 가야 했어, 이 옷이 아니라 아까 내려놓았던 그 셔츠를 사야 했어, 아무리 바빠도 그 친구를 위해 시간을 내줬어야 했어 하고 후회할 때마다 우리 감정 속에는 짜증과 자책감과 찝찝함이 피어난다. 나는 후회의 감정만큼 기분 나쁜 감정은 또 없다고 생각하기에 최대한 후회하지 않고 살아가려 한다. 그래서 확신을 연습하는 거다. 내 마음을 들여다보는 훈련. 그러나 불완전한 인간이기에 당연히 확신을 갖는 일에 실패할 때도 있고, 확신을 갖고 어떤 결정을 내렸음에도 예상치 못하게 후회가 남을 때도 있다. 그럴 때는 이렇게 생각하며 극복한다. 내가 내 마음의 소리를 들어준 것만으로 된 거라고, 그 선택 앞에서 내가 할 수 있는 최선을 다했다는 것만으로 충분하다고, 행위의 결과가 아니라 행위 자체가 더 중요한 거라고.

확신이 나를 구할 것이다. 확신의 결과가 언제나 정답이어서가 아니라, 확신이라는 행위에는 스스로에 대한 존중이, 스스로에 대한 보살핌이 내재돼 있기 때문이다. 나의 세 번째 차를 타다가 차에 문제가 생긴다 해도 나는 두 번째 차를 그리워하지 않을 것이다. 차를 바꾼 걸 후회하지도 않을 것이다. 내 마음을 따랐다는 사실이 내겐 완전한 보상이니까.

17

좋은 차를 타면 행복할까

최상의 행복은 어디로부터 오는가

취업준비생이었을 때 토익학원에 많은 돈을 갖다 바쳤다. 좋다는 소문을 따라 여러 학원을 전전했는데 유독 한 토익학원이 기억에 남는다. 아니, 정확히 말하면 그 학원에서 만난 선생님 한 명이 기억에 강렬히 남아 있다. 풍채 좋은 사장님 같은 분위기를 풍기던 그 선생님은 학원가를 통틀어 최고 인기 강사였다. 나는 치열한 경쟁을 뚫고 겨우 그 수업에 등록할 수 있었는데, 강의실은 하나의 거대한 콩나물시루와 다름없었다. 수백 명의 인파 속에서 하나의 누런 콩나물 대가리가 되어 앉은 나. 이런 나는 다른 학생들처럼 그 선생님만 잘 따라가면 점수를 쭉쭉 올릴 수 있다는 기대를 품고서 눈빛을 반짝이려고 애썼다.

그분은 괜히 인기 강사가 아니었다. 교주 같은 면이 다분한 사람이었다. 사람을 홀리는 말발과 카리스마, 인간 심리를 교묘히 조종하는 영리함이 번뜩이는 인물이었다. 저런 사람이라면 돈 많이 버는 인기 강사가 안 될 수가 없겠구나, 충분히 납득 가는 바였다. 선생님은 수업 중간중간에 딴 얘기를 잘 끼워넣었다. 수업이 지루해질 즈음에 탁월한 스토리텔링 능력을 발휘해 학생들이 관심 가질 만한 잡담을 했고, 그러면 단번엔 분위기가 환기되면서 집중력 있게 남은 수업을 이어갈 수 있었다. 타고난 재능이었다.

그가 던지는 잡담의 대부분은 학생들에게 동기부여가 될 만한 이야기들이었다. 그런데 그 동기부여라는 게 좋은 말로는 참 현실적이었고, 나쁜 말로는 속물적이었다. 토익점수를 올려서 원하는 직장에 취업하고 성공을 이루면, 그렇게 부자가 되면 여러분은 이런 것도 누릴 수 있고 저런 것도 누릴 수 있게 된다 하는, 달콤한 보상에 관한 이야기였던 것이다. 그런 내용 중에 나의 뇌리에 가장 강렬하게 박힌 건 자동차에 관한 얘기였다. 대략 이런 내용이었다.

여러분의 미래는 지금 얼마나 열심히 하는가에 달렸다, 빽빽한 지하철 타고 땀냄새 나는 사람들 틈에 끼여서 출근하고 싶나, 아니면 고급 외제차 타고 쾌적하게 혼자만의 공간을 즐기면서 출근하고 싶나, 혹시라도 지하철이나 타고 다니는 그런 가난한 인생을 살고 싶은 사람이 있다면 그 사람은 당장 토익 공부를 때려치워도 된다.

나는 이 말에 반발심이 올라왔고 당장 책상을 밀고 뛰쳐나가 근처에 세워져 있을 선생님의 외제차를 발로 한 대 걷어차고 싶은 충동을 느꼈다. 내가 취업을 하고 싶어서 토익공부를 하고 있는 건 맞지만, 좋은 차를 타고 다니면서 차 없는 사람을 한심하게 여기고 무시하려고, 그런 방식으로 한껏 뻐기면서 우월감을 느끼려고 토익공부를 하는 건 아니었기 때문이다. 그런 게 성공이라면 성공하기가 꺼려졌다. 남보다 경제적으로 잘사는 것을 성공이라고 정의하는 사람을 교주 모시듯 모시고 있는 내가 한심하게 여겨졌다.

20대 초중반이던 당시의 나는 자동차에 큰 관심이 없었는데 그 선생님의 말을 듣고 비로소 차라는 물건이 대한민국에서 어떤 의미인지 어렴풋이 알게 됐다. 그건 단순한 이동수단에 머무는 게 아니라 부를 과시하는 수단이 되기도 하는 듯했다. 비록 불쾌하긴 했지만, 선생님의 그때 그 말은 내게 좋은 반면교사가 되어줬다. 훗날 내가 차를 갖게 되더라도 차 없는 사람을 실패자로 보지는 말아야지, 어떤 차를 몰고 다니느냐로 나의 가치를 증명하려고 하지는 말아야지 생각했다. 지금 내가 타는 차가 외제차긴 하지만 내게 자동차란 이동수단, 그리고 취향과 가치관의 소산이지 부를 과시하는 수단이 아니다. 경차 한 대보다 저렴한 가격에 구입한 중고차여서 부의 증명이라고 하기에 한참 모자란 것도 사실이고.

흥미로운 사실은 엄청나게 부유한 진짜 부자들은 오히려 비싼 차에 집착하지 않는다는 것이다. 그들에게는 어떤 차를 타느냐가 큰 의미로 작용하지 않는다. 왜냐면 그들은 비싼 차를 살 여유가 되기 때문에, 못 사서 안 사는 게 아니기 때문이다. 그러나 경제력이 최종 목적인 종류의 성공을 갈망하는 사람들은 비싼 차를 사야 자신의 성공을 증명할 수 있다고 여기고, 또 그런 방식으로 증명해야만 한다고 여긴다. 달리 말하자면, 진짜 부자들은 다른 사람에게 자신의 부를 증명할 필요를 느끼지 않는다는 의미이기도 하다. 실제로 그렇다. 진짜 부자들은 그 부가 굳건하고 온전한 것이기에 마음이 불안하지 않고, 불안할 것이 없기에 명품 옷을 안 걸쳐도 상관없고 고급차를 안 타도 상관없다. 누가 알아주지 않아도 자신이 부자라는 사실에는 변함이 없으니 겉으로 증명해 보임으로써 타인에게 어필할 필요도 없다.

근래 1년 정도의 시간은 내게 특별했다. 삶에 관한 기본적인 질문들을 다시 던져본 시간이어서다. 특별한 계기가 있었다기보다는, 그냥 그랬다. 진정한 행복이 뭘까, 진정한 성공이 뭘까, 가치 있는 삶은 어떤 삶일까, 이 세 가지 질문이 내내 머릿속을 떠나지 않았다. 너무 흔한 주제여서 오히려 마음 다해 고민해본 적 없었던 인생의 근본적인 질문들 앞에서 나는 고민하고 또 고민했다. 예전에 비해 모든 게 여유로운데도 요즘의 내 삶이 별로 행복하지 않은 건 왜인지, 내가 진심으로 바라는 성공의 모습은 어떤 것인지, 앞으로 어떻게 살아야 내 삶이 더 가치를 더해갈 수 있는지.

좀 더 세부적인 질문들도 자연스럽게 뒤따랐다. 한 달에 얼마를 벌면 더 행복해질까, 800만 원쯤 벌면 지금까지 느껴보지 못한 새로운 행복이 피어날까, 지금보다 쾌적하고 좋은 집에 살면 더 행복해질까, 드림카인 포르쉐를 타면 하루하루가 더 충만해질까, 그런 생각들이 수시로 떠올랐다.

아직도 답을 찾고 있지만, 지금까지 고민한 결과로서의 내 답은 이렇다. 월수입이 목표치를 달성하고, 더 넓고 깔끔한 아파트로 이사하고, 고급차로 바꾼다고 해서 그것 자체가 행복이 될 수는 없다는 것. 소유에서 오는 행복에는 한계가 있기 때문이다. 그러나 고소득과 좋은 집, 좋은 차가 행복에 '기여'할 수 있다는 건 분명하다. 에리히 프롬의 말처럼 우리가 그것들을 소유양식이 아닌 존재양식으로 누릴 수 있다는 조건 아래서 말이다. 포르쉐를 몰고 다녀도 우린 공허감을 느낄 수 있는데, 그 차를 타고 사랑하는 사람과 좋은 곳을 다니며 삶의 아름다움을 음미한다면 그 공허함이 채워질 수 있을 것이다. 이것이 존재양식으로써의 운전이다. 구멍이 채워진 행복이 진정한 행복이다. 그리고 그 구멍을 메우는 마지막 퍼즐은 참 재밌게도, 참 얄궂게도 돈으로 살 수 없는 것들이다. 삶이 어려운 건 그래서가 아닐까. 사람의 마음을, 건강을, 마음의 평온을 돈으로 살 수 없기 때문에. 수천억이 있어도 불가능하기에.

특히 내게는 마음의 평온이 행복의 으뜸가는 원천이다. 가족을 포함한 내 주변 사람들이 별 탈 없이 무사하게 사는 것도 내 행복에 결정적 요소다. 건강이야 말할 것도 없다. 자아실현도 내겐 아주 중요한 사항이다. 이렇게 하나하나 따지고 보니, 돈이 의외로 순위에서 많이 밀린다. 돈이 행복의 조건에 속하는 건 맞지만 최상위 순위는 아니었던 거다. 이 사실을 인지하고부터 나는 돈에 조금은 덜 집착하게 된 것 같다. 내 삶의 우선순위 중에서도 첫 번째에 자리 잡은 것에 가장 많은 에너지를 쓰고, 그다음으로는 2순위의 것을 위해, 다음으로는 3순위의 것을 위해… 이런 식으로 사는 게 맞겠다는 결론에 이르자, 좀 더 행복의 본질에 가까이 다가간 기분이 들었다.

'경제적 자유'라는 말이 꼭 현대인의 화두처럼 보인다. 그만큼 많은 이들이 경제적 자유를 얻기 위해 고군분투한다. 나도 그중의 한 명이다. 하지만 경제적 자유 자체가 행복일 순 없음을, 행복을 위한 하나의 수단일 뿐임을, 행복은 꽤 여러 가지 조건들이 균형을 이룰 때 비로소 달성되는 것임을 잊지 않으려 한다. 맹목적으로 돈이라는 목표만을 향해 달리지는 않으려고 한다. 돈은 너무 달콤해서 인간의 시야를 좁게 만든다. 삶을 바라보는 인식을 수시로 새로고침하지 않으면 달콤한 돈의 세계의 매몰되기 쉽다. 부자가 되고 싶은 건 맞지만, 수전노나 물질만능주의자가 되고 싶은 건 아니다. 인간은 경제적 자유를 '이뤄야' 행복해지는 게 아니라, 돈 그 자체에서 '자유로워져야' 행복해진다고 생각한다.

그 사람이 타는 차로 그의 가치를 판단하는 사회적 분위기는 결국 무엇이 진정한 행복이고 무엇이 진정한 가치인지를 깊이 고민해보지 않은 사람들이 만들어낸 천박한 결과물이 아닐까. 중요하지 않은 건 눈으로 잘 보이지만, 정작 중요한 건 눈에 보이지 않는다. 그러니 눈에 보이는 비싼 차 안에 타고 있는 사람을, 그 사람의 보이지 않는 마음속을 들여다보지 않았다면 당신이 부러워할 것은 아직 하나도 없다. 롤스로이스를 타도 마음은 지옥을 사는 사람도 있다. 마음이 부유한 사람, 정신이 풍요로운 사람을 부러워하는 사회적 분위기가 형성된다면, 차는 자신을 과시하는 탐욕의 상징에서 벗어날 것이다.

18

대중교통의 발견

차가 없는 홀가분함

운전 7년 차인 지금, 대중교통을 애용한다. 자차 이용과 대중교통 이용 비율이 얼추 반반이다. 차가 없었을 때 대중교통을 '이용할 수밖에 없으니' 버스와 지하철을 탔다면, 지금은 대중교통의 '편리한 점을 알기 때문에' 이용한다. 하나밖에 모를 때보다, 비교 대상이 생겼을 때 비로소 각각의 본질을 잘 파악하게 된다는 말은 백번 옳다. 차를 몰고 다니고부터 대중교통의 매력적인 지점들이 더 눈에 잘 들어왔는데, 그중 가장 큰 것은 주차 걱정 없는 홀가분함이다. 주차장이 잘 구비된 곳만 갈 수 있다면 좋겠지만 어디 그런가. 주차할 곳이 없어서 골목을 빙빙 돌 때의 난처함, 주차장이 있다 해도 요금이 너무 비싸서 떨리는 손을 붙잡고 카드를 내밀 때의 당혹감… 서울 시내에 나가면 이런 곤란이 늘 따른다. 1시간에 8천 원인 주차장에 몇 번 간 적이 있는데 최대한 빨리 일을 마치고 나와도 만 원이 넘는다. 주차하는 시간과 주차장을 나와 목적지까지 걸어가는 시간, 그리고 돌아오는 시간까지 더해야 하니 금방 한 시간이 넘어버린다. 도저히 편한 마음으로 여유 있게 볼일을 볼 수 없다.

길주차를 해도 마음 편하지 않은 건 마찬가지다. 불법이란 걸 알기에 그 자체로 죄를 짓는 기분이고, 걸리면 3만 원 이상의 범칙금을 내야 한다는 부담감도 더해져 마음을 짓누른다. 차를 빼달라고 전화가 올 수도 있으니 볼일을 보는 내내 전화기도 잘 주시해야 한다. 당장에 빠르고 편하게 가려고 차를 몰고 나왔다가 "오늘 차 괜히 갖고 나왔다"는 말을 하고 있는 자신을 발견하게 되는 것이다. 그러다가 차 없이 외출한 날, 지하철에서 내려 사뿐사뿐 내 몸 하나만으로 가볍게 목적지로 걸어갈 때, 그때 온 감각으로 전해지는 그 홀가

분함은 이루 말할 수 없이 황홀하다.

주차 걱정이 없다는 것 외에도 대중교통이 지닌 장점은 또 있다. 운전할 시간에 다른 것을 할 수 있다는, 시간 활용 면에서의 이점이 그것이다. 나는 운전 자체를 즐기는 사람이라 운전이 피곤하다든가 운전하기 싫다든가 그런 생각을 해본 적이 거의 없지만, 너무 바쁠 때는 가끔 '누가 대신 운전 좀 해주면 좋겠다'는 심정이 된다.

몇 번 이런 생각을 하다 보니 깨달을 수 있었다. 회장님들이 왜 직접 운전하지 않고 운전기사를 고용하는지. 물론 품위유지의 목적도 있겠지만, 그보다는 누군가가 대신 차를 몰아주면 그 시간에 정말 많은 일을 처리할 수 있다는 결정적인 이유가 있었다. 나는 노트북 하나만으로 어디서든 일할 수 있고, 또 해야만 하는 기자이기 때문에 지하철이나 버스에서도 기사를 쓸 때가 있다. 그런데 운전을 하면 그게 안 된다. 꼭 기사 쓸 때뿐 아니라 스마트폰으로 처리할 수 있는 일도 얼마나 많은가. 일정을 정리해서 스케줄을 기록하고, 누군가에게 송금을 하고, 카톡과 이메일에 답장을 보내고…

이동시간에 짬을 내서 하면 딱인 잡무들을 운전하면서는 할 수 없으니 그게 아쉬울 때가 많다. 이런 갈증을 느끼다가 버스나 지하철을 타면 그렇게 신날 수가 없는 것이다. 앉으면 금상첨화. 휴대폰으로 자잘한 일들을 끝내고 나면 책을 읽을 수도 있고, 유튜브를 볼 수도 있다. 예전에는 이런 시간 활용이 당연하게 여겨졌는데, 차를 몰고부터는 절대 당연하게 여겨지지 않고 마치 내게 주어진 보너스처럼 여겨져서 고맙다. 세상에, 이동하면서 다른 일들을 할 수 있다니, 이건 정말 꿀이 아닌가!

　대중교통의 장점은 물론 더 있다. 변수에서 자유롭다는 것. 목적지에 정시 도착이 보장되는 지하철은 얼마나 믿음직한 탈것인가. 차를 운전하는 중에, 도로에 사고 차량이 발생해 있다거나 공사 중이라거나 해서 약속에 늦었던 경험이 꽤 있다. 이건 내비게이션도 미처 반영하지 못한 일이라 손쓸 방법이 없다. 꼭, 사고 차량 같은 게 있어야만 막히는 건 당연히 아니다. 도시의 러시아워란! 말해 무엇하겠는가. 출퇴근 시간에 잘못 걸리면 도로가 거대한 주차장이 돼버린다. 울고 싶을 때가 얼마나 많았는지 모른다. 약속 시간은 가까워 오는데 목적지는 좀처럼 가까워지지 않고, 차는 움직일 생각이 없거나 움직이더라도 시속 10킬로미터 거북이 주행이고, 그렇게 도로에 아무 방도 없이 서 있으면 진심으로 '차를 버리고 싶다'는 생각이 부글부글 올라온다. 혹은, 차를 머리에 이고서 냅다 뛰어서 가고 싶다는 욕구가 끓거나. 아, 올림픽대로 옆으로 보이는 한강이 더는 아름답게 보이지 않은 때가 얼마나 많았는지! 그럴 땐 샌드위치가 될망정, 지하철이 간절해진다. 차를 갖고 나온 내 결정이 몹시 후회스럽지만, 이 난국을 타파할 어떠한 방책도 도로 한가운데서는 없다.

일정과 일정 사이에 뜨는 시간이 생길 때면 차를 집에 두고 나온 내가 그렇게 기특할 수가 없다. 일정 하나를 끝내고 비는 시간이 생기면 카페에 들어가 커피한잔을 하거나, 주변 길거리를 걸으면서 쇼핑을 하거나, 서점에 들어가서 책을 구경할 수 있다. 차가 있으면 이런 자유는 누리기 힘들다. 두 시간이 비었다고 했을 때, 차가 있으면 두 시간 동안 여기도 들리고 저기도 들리고 여러 군데를 돌아다니기는 어려운 것이다.

잠깐 있으려고 차를 이동시켜 주차하고, 가끔은 무료 주차를 위해 만 원 이상 물건을 사야만 하는 이런 일들이 꽤 번거롭고 에너지 소모가 크기 때문이다. 걷는 자유! 걸어서 다닐 수 있다는 게 이렇게 매력적이고 행복한 일인지 차를 몰기 전에는 미처 몰랐다. 날씨 좋은 날 차 없이 걸어 다닐 때, 날아갈 것 같다. 내 몸뚱이 하나만 끌고 다니면 되고, 따로 신경 쓸 게 없다는 게 얼마나 가벼운 일인지.

마지막으로 꼽고 싶은 대중교통의 매력은 사람 냄새를 맡을 수 있다는 점이다. 차로 다니면 타인의 개입이 없는 개인적인 공간을 확보할 수 있어서 이 점이 상당히 만족스러운데, 반대로 대중교통을 타면 개인의 공간은 없다. 그럼에도 거기엔 또 다른 만족이 있다. 모르는 사람들과 섞이는 게 뜻밖에도 나의 외로움을 달래줄 때가 있는 것이다. 생각해보면, 지하철이나 버스를 타지 않는 이상 불특정 다수의 타인과 살결이 닿을 만큼 밀착해서 나란히 자리에 앉거나 붙어 서 있는 일이 잘 없다.

자가용으로 다니면서 확실히 나는 사람들과 단절되

어 살고 있다. 그렇게 고립된 채 살다가 오랜만에 대중 교통을 타면 수많은 사람의 온기가 전해져서 마음에 훈기와 활력이 돈다. 사람들이 입고 있는 옷을 보는 것도 흥미롭고, 그 옷으로 계절의 변화를 체감하는 것도 내게는 뭔가 살아 있다는 느낌을 준다. 사람들이 움직이고 말하고 웃고 휴대폰을 만지고 창밖을 바라보고… 그 모든 세상 풍경들이 삶을 실감하게 한다. 같은 하루를 살아가는 타인들 속에 내가 있다. 그걸 관조할 때면 내 속에 품고 있던 고민이 작아지기도 한다. 저 사람도, 그리고 저기 저 사람도 자기만의 고민이 있겠지. 힘들어 보인다, 얼굴이. 그런 생각들이 나를 잊게 하고, 잠시 나를 내려놓은 나는 조금 편안해진다.

이젠 확실히 이동의 노하우가 생겼다. 자차와 대중 교통을 균형 있게 잘 섞어 타는 지혜. 차라는 게 때에 따라서는 '있어서' 자유를 주기도 하고, '없어서' 자유를 주기도 한다. 나의 경우에는 서울 번화가에 나갈 땐 차가 족쇄가 되지만, 서울 근교나 교외로 나갈 때는 자유가 된다. 그러니 내가 오늘 어디에 가는지, 일정은 어떻게 되는지 하는 것들을 종합적으로 고려해서 차를 가지고 나갈지 놓고 나갈지를 결정하는 게 그날의 자유를 위한 방편일 것이다. 자차와 대중교통, 둘은 상호 보완의 관계다.

19

도로는 새 미래를 열까

더 큰 세상을 잇기 위하여

자동차는 도로라는 '시스템' 위를 달린다. 자동차의 발전과 도로 시스템의 발전은 동시에 이뤄져왔다. 자동차라는 게 처음 생겼을 때의 도로 시스템이라고 해봤자 교차로의 신호정보 정도가 전부였을 것이다. 하지만 지금은 인간의 신경망만큼이나 촘촘한 도로 시스템이 셀 수 없이 많은 차의 주행에 질서와 효율을 부여한다. 우리가 의지하는 내비게이션은 실시간 교통정보를 받아 경로를 안내해준다. 덕분에 사고가 난 도로는 피할 수 있고 가장 덜 막히는 길도 실시간으로 알 수 있다. 현대의 운전자는 실시간 교통정보로 돌아가는 이 시스템 바깥에서 주행하기 힘들다.

자율주행을 위한 스마트도로 건설은 현재 도로 분야의 핵심 주제다. 자율주행 자동차가 아무리 최첨단 기능을 갖춰 출시되더라도 실시간 교통정보 없이 주행은 불가능하다. 스마트 인프라 기술이 적용된 스마트도로가 갖춰져야지 그 위에서 자율주행 자동차가 기능대로 움직일 수 있다는 말이다. 고가의 동영상 편집 프로그램을 구매해도 내 컴퓨터가 사양이 낮으면 해당 프로그램을 작동할 수 없는 것과 마찬가지 원리다. 새 기술을 소화할 수 있는 시스템이 없다면 기기 개별의 발달은 무의미해지고 만다.

사물인터넷IoT, 인공지능AI과 같은 4차 산업혁명 기술을 활용해 도로를 첨단화하려는 시도가 한창이다. 자동차는 말할 것도 없고 도로 인프라를 개발하는 작업이 이렇듯 가열차게 진행되고 있는 가운데, 현재 상용화된 ADAS(첨단 운전자 보조시스템, Advanced Driver Assistance System)도 진화를 거듭하고 있다. 이미 많이 사용 중인 차로이탈경고, 전방추돌경고, 차로변경지원, 자동순항제어 같은 기능이 ADAS에 속한다.

현대의 도로에 적용 중인 지능형교통시스템(ITS, Intelligent Transport Systems)만 봐도 미래에는 얼마나 더 도로 시스템이 진화할지 예측할 수 있다. 지능형교통시스템이란 전자 제어 및 통신 등의 첨단 교통기술 정보를 활용해 교통체계를 과학화·자동화하는 체계를 의미한다. 자동단속 시스템, 하이패스, 최적 노선 안내, 차량 간 교통정보제공, 차로 제어, 차량 간격 자동 제어, 주차정보 안내 등이 ITS다. 이런 시스템의 발전은 계속되어, 미래에는 자동차의 제어 주체가 운전자에서 시스템으로 완전히 이동할 거란 전망도 나온다. 운전자의 선택과 제어가 전혀 필요하지 않을 것이라고, 시스템이 모든 제어를 수행할 것이라고 말하는 예측들이 내겐 아직도 먼 미래의 이야기처럼 들리건만 실제로는 그렇게 먼 미래의 일이 아닌가 보다.

최근에는 협력형 ITS(Cooperative ITS 또는 CITS)를 기반으로 한 커넥티드카Connected Vehicle 서비스가 상용화 단계에 접어들었다는 소식도 들었다. 기존 ITS가 도로와 차량이 분리된 체계라 교통수집에 한계가 있고 운전자의 인지 반응에 시간이 소요돼 교통사고 제어에도 한계가 있었다면, 협력형 ITS는 차량과 도로교통시설 간에, 차량과 다른 차량 간에 끊어짐 없는 상호소통이 가능하다. 그만큼 돌발상황과 사고에 사전 대응이 가능하다는 의미이다. 도로가 그 안의 자동차들과 점점 더 긴밀하게 상호작용함으로써 운전자들을 지켜주는 역할을 하는 것 같아서 한 명의 운전자로서 한결 든든해진다.

　도로가 무서워서 운전대를 잡지 않는 사람이 내 주변만 해도 꽤 많다. 운전자의 편리뿐만 아니라 안전을 책임져줄 스마트도로가 개발되어 보편화되면, 아마 그들도 생각이 달라지지 않을까. 도로라는 게 쌩쌩 달리는 차들에 무방비로 내가 노출되는 곳이 아니라, 내 차와 다른 차를 제어해주는 믿을 만한 시스템이라는 인식이 사람들에게 정립된다면 말이다. 운전은 갈수록 쉬워질 것이다. 때문에, 지금보다 더 많은 사람이 운전자라는 정체성을 갖게 되리라 본다. 그렇게 추가된 하나의 새로운 정체성은 그 사람을 지금보다 더 큰 세상으로 데리고 나아갈 것이다.

20

전기차의 도래

미래가 지금 여기에 와 있다

어릴 때 학교에서 미래 세상을 주제로 한 그림 그리기 대회를 하면 여느 아이들처럼 나도 하늘을 나는 자동차를 그리곤 했다. 어린아이들조차, 미래 세상이라는 말에 탈것의 발달을 가장 먼저 떠올렸다는 건 그만큼 자동차 산업의 미래성이 밝다는 의미일 수 있겠다. 그리고 실제로 자동차는 미래를 향해 쉬지 않고 돌진하고 있다.

언젠가는 하늘도 날겠지만, 전기로 달리는 자동차가 보편화된 지금의 이 현실도 나는 충분히 경이롭다. 최근 몇 년 사이에 급속하게 내연기관 차에서 전기차로 중심축이 이동하는 모습을 보고 있으면 미래 세계가 현실로 기어이 도래했구나 하는 실감이 드는 것이다. 전기와 화석연료를 같이 사용하는 하이브리드 차량은 이미 상용화된 지 오래여서 차치하더라도, 온전히 전기충전으로만 달리는 전기차의 약진은 보다 미래적인 뉘앙스를 풍기는 것 같다. TV 광고만 봐도 새삼스럽다. 내연기관 차가 아닌 전기차 광고가 압도적으로 많아지고 있고, 그 광고의 '때깔'이 남다르다. 정말 미래 세계의 자동차 같은데 저걸 지금 팔고 있다고? 저걸 우리더러 구매하라고 광고하고 있다고?

광고뿐 아니라 국가의 정책도 전기차 시대의 도래를 실감하게 한다. 세계 각국이 내연기관차의 배기가스 배출을 규제하고 나섰고, 친환경 자동차에 혜택을 주는 지원책을 내놓고 있다. 우리나라도 '환경친화적 자동차의 개발 및 보급 촉진에 관한 법률'에 의해 전기차 구매 시 보조금 지급은 물론이고 취득세를 면제해주는가 하면 주차비와 도로비 등도 저렴하게 받는 등 혜택을 아끼지 않고 있다. 이런 정책에 힘입어 최근 몇 년 사이 국내 전기차 시장은 급속도로 성장했다. 정부의

'친환경차 보급 로드맵'에 따르면 2013년 산업수요 대비 비중이 0퍼센트였던 전기차는 그 비중을 점점 늘려가고 있어, 오는 2025년에는 약 25만 대를 보급해 산업수요에서 차지하는 비중을 14.4퍼센트까지 끌어올린다는 목표를 잡고 있다.

우리나라를 포함한 세계 자동차 기업들이 이런 기조에 발맞춰 전기차 개발에 박차를 가하고 있다. 그 결과 전기차는 내연기관차가 약 100여 년에 걸쳐 이룩한 기술적 진보를 최근 십수 년 만에 따라잡았다. 게다가 점차 전기차에 맞춰서 모습을 갖춰가는 인프라는 전기차 사용을 더욱 편리하게 만들고 있다. 전기차 보급 초창기에 비해 현재 충전소 인프라는 빠르게 확장되고 있다. 아무리 전기가 화석연료보다 저렴하다 해도, 충전할 장소가 제대로 구비되어 있지 않다면 전기차 구매를 꺼릴 수밖에 없을 텐데 국가 차원에서 전기차 인프라 구축에 힘을 쏟고 있는 상황이라 전기차는 이제 완전히 대세로 자리매김했다.

전 세계적으로 화석연료보다 친환경 신재생에너지의 생산 비중이 점차 높아지고 있다는 사실도 전기차의 가치를 높이는 데 일조하는 모양새다.

이렇듯 여러 가지 요소가 작용해 불과 몇 년 전까지만 하더라도 비주류에 가까웠던 전기차는 자동차 시장을 점령했다. 특히, 지구를 생각하는 '친환경'이라는 가치가 전기차를 더욱 미래에 걸맞은 대체물로써 격상시켰다. 전기도 석탄 등의 화석연료로 생산하는 것이라는 논리에 따라 전기차가 친환경적이라는 말에 반론을 제기하는 사람들도 있지만, 이산화탄소의 총량을 따져보면 가솔린으로 대표되는 내연기관차에 비해 전기차의 이산화탄소 총량이 적은 게 사실이다. 따라서 전기차의 친환경적 가치는 부정할 수 없어 보인다.

근래에 차를 구매한 사람들은 전기차를 선택하지 않았더라도 한 번쯤은 구매 전 고민의 단계에서 전기차를 의식했을 것이다. 내연기관차를 없애고 전기차로 싹 바꾸려는 세상의 흐름을 따라가는 게 맞겠다는 생각을 안 할 수가 없는 분위기니까. 유럽 시장은 2035년부터, 한국과 미국, 중국 시장은 2040년부터 내연기관차를 판매하지 않기로 선언했는데, 유럽 자동차 회사들이 시작한 '내연기관차 생산중단 선언'이 세계적으로 퍼지는 양상인 것이다. 현대자동차도 새로운 디젤엔진 개발을 중단했고, 전기차와 수소차에 역량을 집중하고 있다고 알려져 있다. 자동차 업계는 이처럼 속속 탄소중립을 선언하고 나서며, 이르면 2030년엔 수소·배터리 전기차 모델만을 생산한다는 목표를 세웠다.

나는 지금 타는 차를 낡을 때까지 탈 계획이어서 아직 전기차 구매에 관해 진지하게 생각해본 적은 없지만, 만약 차를 바꿔야 하는 상황이 온다면 전기차도 고려해볼 것 같다. 다만 내가 사는 아파트에는 전기차 충전기가 적어서 그 점이 걸린다. 전기차 충전 인프라를 늘리고 있다고는 해도 전기차 공급에 비해 충전 시설이 부족한 게 사실이다. 정부는 이를 인식하고 공공용 급속 충전기를 확대하고 있지만, 급속 충전 시 전기차 배터리 수명이 짧아지는 우려도 있고 전기세도 완속 충전에 비해서 비싸기 때문에 완속 충전기를 확대해야 한다는 주장이 꾸준히 제기되고 있다. 급속 충전기의 원래 목적은 비상 충전이라고 하니 더욱 완속 충전 시설의 확대가 갈급해 보인다.

어릴 때만큼은 아니지만 종종 먼 미래의 세상을 상상해보곤 한다. 그럴 때면 항상, 내가 지금 상상하는 것들이 그렇게 먼 미래의 일이 아닐 거라는 예감이 든다. 자동차의 발전, 스마트폰의 진화, AI의 탄생… 이런 것들을 나는 살아오며 이미 경험했지 않은가. 기술 발전의 속도가 얼마나 빠른지 체험하고 나니 이제는 알 수 있다. 미래는 생각보다 내 가까이에서 이미 서성이고 있다는 걸. 그 미래가 사람을 배제하는 디스토피아가 아닌 사람을 향하는 유토피아이길 바라본다.

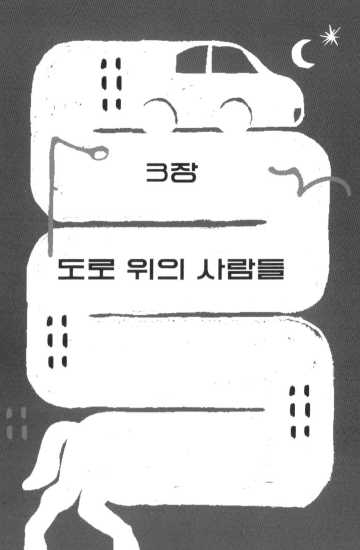

3장

도로 위의 사람들

21

차에 타자마자 하는 일

문 잠그기

　운전석에 앉자마자 문 잠그기 버튼을 누르는 건 내 운전루틴 중 하나다. 어느 날 SNS를 보다가 발견한 운전 팁이다. 대부분의 운전자가 차에 타면 바로 출발하지 않고 내비게이션을 설정하거나 차를 예열하면서 1~2분 시간을 보내는데, 그때 나쁜 마음을 먹은 누군가가 문을 열고 들어올 수 있으니 타자마자 문을 잠그라는 조언이었다. 이것이 주차장에서 일어날 수 있는 범죄를 예방하는 간단하고도 강력한 방법이라는 것. 지하 2층 주차장, 어떨 땐 어두컴컴하고 인적이 드문 지하 5층 주차장까지 내려가서 차를 댈 때도 있는 나는 무의식중에 범죄에 대한 두려움을 품고 있었던 것 같다. 이 팁을 발견했을 때 이거다 싶어 다음 날부터 바로 실천에 옮겼으니 말이다.

운전루틴에 관해 이야기가 나왔을 때 남성인 나의 친구는 문 잠그기 습관에 관한 내 말에 놀라워했다. 자신은 그런 행동을, 심지어 그렇게 해야겠다는 생각조차 해본 적이 없다는 설명이었다. 그 말을 듣자, 이건 아마도 내가 여성 운전자여서 예민한 부분일 수 있겠다 싶었다. 운전할 때조차도 여성은 범죄를 두려워해야 하고 신경 써야 한다는 건 안타까운 일이다. 그러나 사실인걸.

내가 이런 종류의 겁을 내는 건 끔찍한 범죄를 그린 소설을 읽어서인지도 모르겠다. 오스틴 라이트의 《토니와 수잔》이라는 소설을 읽은 적 있는데, 이야기는 대략 이러하다. 도로에서 시비가 붙었는데 운전석에서 남편이 내린 틈을 타서 상대편 차량의 남성들이 남자의 차에 올라타 남자의 아내와 딸을 싣고 달아나버린다. 납치된 아내와 딸은 결국 싸늘한 주검으로 발견된다. 잠시 상상만 해도 등골이 오싹해지는데 수십 페이지에 걸쳐 글로 묘사해놓은 걸 읽었으니 나의 무의식이 두려움에 떨지 않고는 배겨낼 수가 없었던 것 같다.

보복운전은 생각만 해도 무섭다. 주행 중의 보복행위도 겁나지만, 행여라도 차에서 내려서 상대와 대면해야 하는 일이 생긴다면 그건 더 무섭다. 그럴 땐 아무리 창문을 내리라고 협박해도 1센티미터 이상은 절대 내리지 않겠노라고 미리 굳게 결심해둔다. 아니 외워둔다. 아, 참 번거로운 일이지만 어쩔 수 없다.

도로에서 손가락 욕설을 당한 적 있다. 내가 초보운전일 때였으니, 나는 잘 모르지만 아마도 내가 무언가를 잘못했었나 보다. 그런데 차들이 워낙 여러 대 엉켜 있는 복잡한 상황이라 어느 누구였어도 어쩔 수 없는 일이었음에도 불구하고 그자는 창문을 내리고 소리를 지르며 내게 가운데 손가락을 한참이나 뻗어 보였다. 지금 생각해도 화난다.

여성인 내 지인도 운전 중에 위협당한 경험을 들려줬다. 올림픽대로를 80~90킬로미터로 달리고 있었는데 뒤에서 까만 봉고차가 달려와 딱 붙더니 헤드라이트를 빠르게 켰다 껐다 하며 위태로운 상황을 연출하더라는 거다. 그때 지인이 1차선을 달리고 있었는데, 아마도 그 봉고차는 추월차선에서 총알처럼 달리지 않고 규정 속도로 달리는 앞차가 못마땅했던 듯싶다.

하지만 고속도로도 아니고 올림픽대로에서 추월차선의 의미는 무색하지 않나. 고속도로라고 해도 달라지는 건 없다. 그 봉고차 차주가 한 깡패 같은 짓거리는 어떤 상황에서도 용납될 수 없는 일임이 자명하다. 지인 차는 큐브였다. 여성이 타는 차로 각인돼 있는 차종이어서 더욱 그런 위협에 노출된 게 아닌가 싶다. 어느 날 차 수리 때문에 발이 묶인 남동생에게 지인이 "내 차 빌려줄게"라고 했더니 "내가 어떻게 그 차를 타. 절대 못 타."라는 대답이 돌아왔다는 것만 봐도 쉬이 짐작된다. 여자라는 오해를 받기 싫다는 거다. 도로에서 무시당하고 위협당할 수 있으니까.

그래서일까. 지인의 드림카는 벤츠 지바겐 올블랙이다. 군용차를 닮은 매우 거칠고 강인한 디자인의 SUV. "방어적인 마음인지도 몰라" 하고 지인은 덧붙였다. 지바겐을 검색해봤다. 맨 위에 뜨는 기사의 제목이 놀라웠다. '여성들의 워너비 카'라는 문구 때문이었다.

상남자들만 탈 법한 각지고 커다란 차를 많은 여성이 이토록 갖고 싶어 한다는 게 무엇을 의미하는지 알 것 같아서 씁쓸해지고 말았다. 그 심리를 누구보다 잘 알기에.

내가 지금 타는 차가 푸른색 계통인 것도 어쩌면 같은 맥락이 아닐까 싶었다. 내가 원했던 모델이었어도 분홍색이었다면 절대 구매하지 않았을 것이다. 내가 차의 선팅을 진하게 하는 것은 그러므로 비단 자외선 때문만은 아닌 것이다. 시비가 붙는 상황이 올 때, 혹은 그냥 달릴 때조차도 여성임을 들키고 싶지 않은 게 더 큰 이유다. 여자임을 들키는 순간, 안전운전을 위해 천천히 가도 운전을 못 해서 천천히 가는 게 되고, 볼일이 있어 나왔어도 집에서 밥이나 할 것이지 쓸 데 없이 나온 사람이 되어버린다. 상대방 차량의 운전자가 언제나 나를 분명하게 못 봤으면 좋겠다.

아, 언제쯤 아무 두려움 없이 거리를, 도로를 활보할 수 있을까. 버스에서 내려 밤길을 걸어가는 게 무서워서 차를 사면, 그래도 무서운 건 똑같다. 밤 운전은 무섭다. 여성에게는 몇 배로. 이게 현실이다.

22

운전면허 학원 수업

김여사의 사례

　면허를 따려면 학원에서 일정한 교육을 이수해야 하는데 크게는 도로에서 이뤄지는 수업과 교실에서 이뤄지는 수업으로 나뉜다. 도로 수업은 괜찮았던 반면, 내가 겪은 교실 수업은 꽤 곤혹스러웠다. 21세기가 아닌 시대에 교육받는 느낌이랄까. 화면에 크게 뜬 "김여사의 사례"라는 다섯 글자가 특히 좀 그랬다. 보는 순간 저게 뭐야 싶었다. 내가 김여사라도 된 듯 얼굴이 살짝 붉어졌다.

　수업이 한창 진행되고 있을 때, 강사님은 여기저기 들이받으면서 개차반으로 운전하는 운전자의 영상을 보여주면서 "이러면 안 된다"라며 혀를 끌끌 찼다. 참으로 기막힌 영상이었다. 그런데 어째서, 강사님은 차 안의 운전자가 남자인지 여자인지 보이지도 않는데 '김여사', 즉 여성이라고 상정하고 말하는 것일까 의아하고 불편했다. 레퍼토리는 예상했던 대로 흘러갔다. 여성 운전자들의 운전을 보면 심각할 때가 많다면서 강사님은 직설적으로 힐난했다. 이런 강사님의 수업에, 다른 사람들도 나처럼 조금은 불편해할 거라고 나는 은근히 기대했다. 하지만 웬걸, 예상은 빗나갔다. 강사님과 같이 혀를 차거나 킥킥하고 웃는 수강생들이 더 많았는데 심지어 꽤 많은 여성 수강생들도 대수롭지 않게 '김여사'의 코미디 운전에 웃음을 터뜨렸다.

이런 선입견에 대한 반항심 때문일까. 나는 면허를 따고 초반에 운전을 할 때 최대한 여성적인 운전을 하지 않으려고 의도했다. 여성적 운전, 남성적 운전이 따로 있는 건 아니지만 아무튼 천천히 달리거나 너무 몸을 사리는 운전을 하면 무시당할 것 같아 일부러 터프하게 운전했다. 뒤에 오는 차가 답답하다는 듯이 내 차를 앞질러 갈 때는 자존심이 상했고, 오기가 생겼다.

어느 날은 주유소에 가서 창문을 내리고 기름을 주문하려는데 직원 아저씨가 내 얼굴을 보고 이렇게 말했다. "아, 나는 남자인 줄 알았어요. 날렵하게 차를 세워서." 칭찬 같은데 또, 칭찬 같지 않았다. 여자도 날렵하게 운전할 수 있는 거 아닌가.

지금 와서 내가 조금 아쉬운 건 1종 면허를 따지 않고 2종 보통 면허를 딴 일이다. 운전을 하면 할수록, 크고 어려운 차를 몰 수 있는 사람이 되는 건 근사한 일인 것 같다는 생각이 들었다. 2종 보통 면허를 딸 때 필기시험, 기능시험, 도로주행 시험 모두 단번에 합격했던 터라 1종도 과연 내가 한 번에 붙을 수 있을지 궁금증도 일었다. 기술이란 건 자고로 많이 보유하고 있으면 있을수록 좋다고 믿는다. 얼마 전 한 아이돌 여성 가수가 대형 특수 면허를 취득하는 걸 영상으로 봤다. 캠핑카를 몰기 위해 면허증을 따기로 마음먹었다는 그는 자기 몸의 수십 배가 되는 집채만 한 대형 견인 트레일러로 시험을 치러서 한 번에 합격했다. 성별을 떠나서 누구든 단번에 취득하기 힘든 면허인 만큼 대단해 보이지 않을 수 없었다.

그런데 내가 만일 1종 대형 면허를 따려 했다면 주위의 만류는 없었을까? SNS에서 어렵지 않게 볼 수 있는 글이, 학원에 가서 1종 대형 면허 시험을 접수하려고 했는데 접수처 직원이 "왜 대형 따려고 하세요? 어려워요"라며 다시 생각해보라고 거듭 만류하더라는 일화다. 물론 시험을 보려는 사람은 여성이었고. 하긴, 돌이켜보면 나도 면허를 딸 때 주변 지인으로부터 "여자는 2종 보통 따면 돼"라는 친절한 안내(?)를 많이 받았다.

여자는 기계류를 잘 못 다룬다는 말, 공간지각능력이 남자보다 떨어진다는 헛소리를 이제는 그만 들었으면 좋겠다. 그런 능력은 사람의 차이인 거지 성별의 차이가 아니다. 핸들을 오른쪽으로 끝까지 꺾은 다음에 이렇게 하세요, 저렇게 하세요 하는 주차요원 아저씨들의 가르침도 그만 받고 싶다. 후방 카메라 없이도 주차하는 나다.

부부를 비롯해 남녀가 길을 나서면 항상 남자가 운전하는 건, 보통은 남자의 배려겠지만 일종의 고정관념일 수도 있겠단 생각도 한다. 운전은 남자가 잘하니까 남자가 해야 한다는 전제가 깔린 것일지도. 여자는 안전하게 남자가 운전하는 차를 타야 한다는 선입견은 글쎄… 잘 모르겠지만 운전은 나도 잘할 수 있다니까 그러네. 핸들을 잡고 도로 위를 달리는 게 내겐 즐거운 행위다. 부드럽게 서고, 부드럽게 출발하는 연비 운전에도 능숙하다. '여자치고' 운전을 잘한다는 말도 그러니 사양한다. 또 한 가지 더, 어느 누군가가 운전이 미숙하다면 그건 초보여서 미숙한 것이지 여자여서 미숙한 것이 아니다. 꼭 기억해주시길 바란다.

여성들도 운전을 너무 무서워하지 않았으면 좋겠다. 사실 속도를 높이지만 않으면 차는 그렇게 위험하지 않다. 고속도로는 좀 무섭긴 하지만, 앞차와의 안전거리를 충분히 두고 너무 빠르게 달리지만 않으면 안전은 충분히 확보 가능하다. 남자든 여자든 주체적인 삶과 자신의 이동 독립을 위해 장롱 속의 면허를 꺼내보시길 권하며, 마음 다해 당신의 드라이빙을 응원한다. 뭐든 많이 하면 늘지 않나. 운전도 다를 바가 없다.

23

실전 연습을 하다

목숨 걸어주는 친구가 곁에 있다는 것

　내가 면허를 딴 것도, 면허를 따고 나서 도로에서 운전을 할 수 있게 된 것도 다 친구들 덕분이다. 도로주행 시험 며칠 전이었다. 학과 시험과 기능 시험을 통과했고 또 강사님과 연습을 하긴 했지만 그걸로는 한참 부족하게 여겨졌고, 이대로라면 떨어질 것 같은 예감이 들어 한 친구에게 급히 S.O.S.를 쳤다. 나의 부탁에 운전경력 십 년이 넘은 그 친구는 흔쾌히 자기 차로 연습을 하라고, 본인이 동승하여 도와주겠다고 말해줬다.

　임시 면허인 연습운전면허증을 갖고 있던 나는 넓은 캠퍼스로 유명한 건국대에서 친구를 만났다. 친구 차는 검은 세단이자 고급차였다. 그걸 본 나는 갑자기 긴장됐다. 행여 내가 잘못해서 친구 차에 상처라도 내면 내가 이 친구를 다시 볼 수 있을까, 그런 생각들이 머릿속에서 맴돌았다. 황송한 마음을 안고 운전석에 올라탔다. 조수석에 앉은 친구의 안내에 따라 시속 20킬로미터로 천천히 캠퍼스를 주행하기 시작했다.

일정한 속도로 직진하는 것도, 코너를 도는 것도, 사람이 지나가면 얼른 정지하는 것도, 내리막길을 내려오는 것도, 내게는 다 어려웠다. 친구는 화 한번 내지 않고 옆에서 친절하게 설명해줬고 나는 그날 핸들 감각이란 걸 익힐 수 있었다. 다행히 친구 차에 상처를 내지는 않았다. 그리고 이틀 뒤, 도로주행 시험을 쳤고 합격했다. 그 친구가 건국대에서 그때 연수를 해주지 않았더라면 분명 떨어졌을 거다. 정말 고맙다. 초보도 아닌, 초초초보에게 자신의 비싼 새 차로 운전 연습을 하게 하는 건 대인배가 아니면 할 수 없는 일이란 것을, 내 차가 생기고 나서야 비로소 알았다.

하지만 면허를 땄다고 끝난 게 아니었다. 면허를 땄다고 해서 내가 운전을 할 수 있는 사람이 된 건 아니었던 거다. 실제로 도로에 나가서 차를 모는 건 또 다른 문제였는데, 이건 큰 용기를 필요로 하는 일이었다. 나는 도저히 혼자서 차를 끌고 도로에 나갈 용기가 생기지 않았고, 또 다른 친구에게 도움을 요청했다. 내게 스파크를 판 그 친구였다. 같이 도로에 나가달라는 말에 친구는 처음에 단칼에 거절했다. 이 친구와 나는 서로 예의를 차리기보다는 티격태격하는 편한 사이였기에 그는 "나는 죽고 싶지 않아"라고 말하며 내 부탁을 매몰차게 뿌리쳤다.

하지만 난 그를 잘 안다. 아니나 다를까, 내 예상대로 이내 친구는 "언제 어느 도로에서 할 거냐"라고 슬쩍 물어왔다. 나는 날짜는 빠르면 빠를수록 좋으며 도로는 어디든 상관없다고 답했다. 시간대도 상관없다고 했다. 그랬더니 친구는 한숨을 푹 내쉬었다. 벌써 초보 티가 줄줄 흐른다는 거였다. 네 말대로라면 퇴근 시간에 강남 한복판에서 연습해도 되느냐고 묻는 말에, 나는 해맑게 "물론 상관없다"고 대답했다. 친구는 복장 터진다는 표정으로 "네가 도로에서 욕을 한 바가지 먹어봐야 정신을 차리겠구나" 말했다. 나는 친구가 왜 답답해하는지 영문을 모른 채 그럼 언제 어디서 할 건지 네가 정해달라고 부탁했고, 그 친구는 도로에 차가 최대한 적은 오후 1시경에 도봉산 근처에서 연습하자고 알려왔다.

드디어 운전 연습을 하기로 한 날, 친구는 생색을 내고 또 냈다. 내가 지금 하려는 일은 "목숨을 내건 일"이라며, 목숨 걸고 도와주는 친구가 있다는 건 얼마나 너에게 복된 일인지 혹시 알고 있느냐고 물어댔다. 나는 최대한 그의 비위를 맞춰가며, 그러게 참으로 복된 일이다, 이런 친절을 베풀어주어 몸 둘 바를 모르겠다고 공손히 답했다. 의외로 친구는 역정 한번 내지 않고 나를 지도해줬다. 물론 한숨은 좀 쉰 것 같다만.

우리는 목적지로 정해둔 도봉산 근처의 고깃집에 무사히 도착했고 맛있게 점심식사를 했다. 고깃집을 행선지로 정한 친구의 주도면밀함에 잠깐 혀를 내두르긴 했지만, 내가 도로 위에서 실전으로 운전을 해냈다는 기쁨이 워낙 컸기에, 그리고 음식도 아주 맛있었기에 기분이 상쾌했다. 재밌는 건, 그때는 미처 몰랐는데 친구의 말이 하나도 틀린 게 없었다는 점이다. 1~2년 초보운전자로서 운전을 하며 죽을 고비를 몇 번이나 넘기고 나서야 비로소 나는 알았다. 초보운전자 옆에 동석한다는 건 참된 우정이 아니고서야 불가능한 일임을. 목숨을 걸고 도와주는 거라던 친구의 말은 결코 과장된 게 아니란 것을. 친구에게 그때 돼지고기가 아닌 한우를 사줬어야 했음을.

나를 위해 자신의 소중한 목숨을 내어준 친구는 또 있다. 고등학교 때 단짝이었던 아이인데 아무 거리낌 없이 동석을 수락했다. 사실 그 친구도 운전에 익숙한 상태는 아니었는데 그럼에도 내가 혼자 운전하기 무서워하자 두 번 생각지도 않고 같이 연습해보자고 나선 것이다. 비록 운전 내내 조수석 위의 손잡이를 꼭 붙잡고 있긴 했지만, 친구는 말이라도 대범하게 건네줬다. 자기는 하나도 안 무섭다고, 너무 재밌다고. 참 착한 친구다. 본인도 초보였던 내 친구는 자신의 지식을 총동원해서 왕초보운전자였던 내게 이런저런 것들을 지도해줬다. 정차할 때 앞차와의 거리를 얼마 정도 두면 되는지, 주차할 땐 어떻게 각도를 계산하면 되는지 등등 하나하나.

꼭 동승을 하지 않아도 말 한마디로 내게 운전을 가르쳐준 친구도 있다. 지금까지 친구를 조수석에 태우고서 연습을 했다면, 이제는 그다음 단계로 혼자서 차를 몰고 도로에 나가야 하는 큰 산을 마주하고 있을 때였다. 아는 동생에게 전화로 "혼자 차를 몰고 나갈 생각을 하니 너무 무섭다"라고 말했고, 동생은 잠깐 뜸을 들이더니, "언니" 하고 진지하게 나를 불렀다. 그러고는 자기가 딱 한 마디를 할 테니 잘 들어보라고 했다.

"잘 생각해봐, 언니. 운전은 '원래' 혼자서 하는 거야. 운전석은 1인석이잖아?"

이토록 강력한 말은 또 오랜만이었다. 동생의 그 말을 듣는 순간 이성적으로 백 퍼센트 납득이 됐다. 그래, 어차피 핸들은 두 명이서 잡는 게 아니잖아? 옆에 누군가가 있든 없든 운전석을 운영하는 건 언제나 나 혼자다. 그러니 혼자 도로에 나선다고 겁먹을 필요가 없는 것 아닐까. 동생의 이 한 마디 덕분에 나는 최종 관문이었던 혼자 운전하기라는 산을 거뜬히 넘을 수

있었다. 생각해보면, 나는 친구들 덕분에 운전이란 걸
마침내 해낼 수 있었다. 모든 영광을 그들에게 돌린다.

24

차를 긁다

할 말을 다 하지 않으면 후회가 남는다

    오래된 우리 아파트는 주차공간이 충분하지 않다. 밤늦게 귀가하는 날은 늘 주차할 곳이 없어 애를 먹곤 한다. 그날도 그랬다. 주차선이 그어져 있는 정식 구역은 빈 곳이 하나도 없었고, 선 안에 주차하지 못한 차들은 단지 내 이곳저곳 길가에 주차돼 있었다. 나 역시 자리를 찾아 야외 주차장을 돌고 있었는데 커브를 돌다가 그만 주차된 어떤 차를 긁고 말았다. 운전이 미숙한 게 첫 번째 이유였지만, 다른 이유도 있었다. 차들이 커브를 돌아야 하는 공간에 내가 긁은 그 차가 무리하게 주차돼 있어서 회전할 공간이 너무 좁았던 거다.

물론 그 차가 주차한 자리는 정식 주차공간이 아니었다. 어쩐지, 내 앞차가 커브를 도는 데 지나치게 오랜 시간을 할애하며 낑낑대더라 했다. 그 차가 힘들어한 이유를 비로소 알았을 땐 이미 나는 문제의 차를 긁은 후였다.

차주에게 전화를 했다. 60대 이상으로 보이는 아주머니 한 분이 나왔고, 자신의 차 옆구리 부분에 스크래치가 난 걸 살펴보더니 "이걸 어쩌나" 하며 난처함을 표했다. "커브를 크게 돌았어야지. 아가씨가 운전이 많이 미숙했네" 하고 나를 나무랐고, 나는 불쾌했지만 내가 잘못한 건 맞으니 그저 "죄송하다"라고만 말했다. 결국 일반적인 절차대로 내 보험으로 보상을 해드렸고, 말할 것도 없이 내 보험료는 뛰어올랐다. 그런데 이 일이 시간이 지나도 자꾸 내 마음을 불편하게 했다. 내 대처가 잘못됐단 걸 뒤늦게 깨달았기 때문이다. 그 차주에게도 잘못은 분명히 있었다. 주차해선 안 되는 회전구역에 차를 무리해서 주차해놓았다는 점이 그것이다. 평소에 주민들 사이에서 이뤄지는 암묵적인 약속도 어긴 사례였다. 아무리 주차할 곳이 없어도 그

자리에 차를 대는 사람은 이전까지 거의 한 명도 보지 못했다. 내가 왜 그걸 짚지 못했을까, 왜 아주머니에게 그 말을 하지 못했을까, 왜 미안하다는 말만 하고 사건을 종결해버렸을까. 후회가 막심했다. 억울했다. 몇 년이 지났는데 아직도 생각하면 분하다. 보험사에 그 점을 어필했다면 나의 과실 백 퍼센트로 판결받진 않았을 것이다. 움직이는 두 자동차가 접촉했을 때 어느 한쪽의 과실 백 퍼센트가 되는 일은 거의 없지만, 정차된 차를 움직이는 차가 긁은 경우에는 정차된 차의 과실은 0이라는 기존의 상식이 내 머릿속에 너무 깊게 박혀 있던 게 문제였다. 상황이 어찌 됐건, 정차해 있는 차를 내가 긁었으니 다른 방도가 전혀 없다고만 당시에는 생각했다.

하지만 보험료가 오른 것보다, 아주머니에게 그 말을 못 했던 게 몇 배는 더 찝찝했다. 아주머니가 끝까지 자기 잘못은 조금도 반성하지 않을 거라는 생각이 나를 언짢게 만들었던 것이다. 나 자신에게도 화가 났다. 해야 마땅한 말조차도 제대로 못 하는 인간이라니. 스스로가 바보 같았다. 이 에피소드 이후로 '할 말을 똑바로 못하고 지나가는 것'에 대한 두려움이 커졌다. 타이밍, 그게 가장 어려운 부분이었다. 말이라는 게 타이밍에 크게 영향을 받는 것이라 해당 상황에서 해야 할 말을 하지 못하면 다시는 그 기회를 만들지 못한다는 점이 무섭게 다가왔다.

그 접촉사고가 일어나고 며칠 후, 아주머니에게서 문자가 왔다. 자기 딸과 함께 커피 한잔을 하자는 제안이었다. 이런 설명이었다. 그날 자기가 딸한테 반찬을 주려고 잠시 온 거였고 차 댈 곳이 없어서 임시로 그 자리에 차를 댄 것이다, 그때 마침 사고가 일어난 거고, 수습을 마치고 다시 딸 집에 올라가서 상황을 말했더니 딸이 엄청 화를 내더라는 것이었다. 엄마가 대면 안 되는 회전구역에 차를 대서 그런 일이 발생한 건데 일방적으로 그 사람을 다그친 건 잘못한 거다, 만나서 자기가 사과하고 싶다는 요지였다. 나는 결국 두 사람을 만나지는 않았다. 만나서 대화를 나눌 그 시간을 생각하니 너무 어색하고, 별달리 할 말도 없을 것 같아서 제안을 정중히 거절하는 편을 택했다.

딸의 태도에 마음이 조금은 풀렸지만 그렇다고 있었

던 일이 없었던 일이 되지는 않는다. 과거는 돌이킬 수 없는 것이기에. 내가 할 수 있는 건, 앞으로 그런 상황이 닥쳤을 때 차분하게 할 말을 하는 사람이 되는 것뿐이다. 그럴 수 있을까. 솔직히 그렇게 자신 있지는 않다. 그래도 한번 따끔하게 경험했으니 수업을 받았다고 생각한다. 비싼 수업료 내고 수업을 받은 만큼 배움이 있었을 거고, 이 배움을 바탕으로 다음엔 더 잘 대처할 수 있지 않을까. 이 생각이 그나마 위로가 된다. 하지 않아야 할 말은 하지 말고, 해야 할 말은 하자. 이것이 내가 기억해야 할 것이다. 미국의 비평가이자 작가인 비비언 고닉은 말했다. "삶은 내가 알고 있는 것을 끝없이 '기억하는' 일의 연속이다"라고.

25

무법자가 되다

애매해도 사과할 줄 아는 사람이 되기 위하여

초보운전자 시절에 나는 의도치 않은 무법자였다. 몰라서 저지른 잘못들, 몰라서 끼친 민폐들이 수두룩하다. 그러고 보니 이 책을 쓰면서 털어놓는 나의 운전 에피소드들의 대다수가 스파크 시절의 이야기인 것도 무리는 아니다. 내가 생각해도 어이없고 한심한 실수들의 연발이었다. 다른 운전자들 눈에 비친 내 차는 '당돌한 스파크'였을 것이다. 그래, 이 책은 어쩌면 초보 시절 내가 저지른 죄들에 대한 고해성사다.

어느 날은, 좌회전 신호를 받고 좌회전을 하다가 이유 없이 급정거를 한 적이 있다. 아, 물론 내 나름의 이유가 있긴 했다. 좌회전을 돌면서 무심코 위를 쳐다보는데 빨간불이 아닌가. 나는 그게 내 차가 받는 신호가 아니라 기다리고 선 다른 방향의 차들을 위한 신호라는 걸 모르고서 갑자기 차를 멈춘 것이다. 뒤에서 따라오던 차들은 당연히 내게 경적으로 욕을 퍼부었다. 사죄의 깜빡이를 켤 여유도, 센스도 없던 그 시절의 나… 도로 위의 무법자였다.

이건 약과다. 더한 민폐도 많았다. 어느 날은, 엄마를 조수석에 태우고 길을 나섰는데, 버스가 오는지 모르고 차머리를 도로에 들이민 적이 있다. 신의 가호로 충돌은 면했지만 성난 버스 기사님의 험악해진 얼굴을 면할 수는 없었다. 버스를 멈춘 채 꽤 긴 시간을, 급기야 창문을 열고서 나를 노려보던 기사님의 시선. 그 불타는 눈빛을 떠올리면 아직도 온몸의 피부가 따끔거리는 것 같다. 나는 너무 민망하고 미안해서 내가 해야 마땅했을 행동을 하지 못했다. 사과의 제스처를 취하지 못했던 거다. 손을 들어 보이거나, 고개를 숙이거나, 그것도 아니면 입 모양으로 미안하다고 말을 하거나, 어떤 식으로든 사과해야 했는데 당황한 나머지 아

무런 표현도 하지 못했다. 그게 아직도 미안하다. 그리
고 부끄럽다. 부끄러운 이유는, 솔직히 털어놓자면, 그
때 내가 사과하지 않은 게 단지 당황했기 때문만은 아
니란 걸 나 자신은 알고 있기 때문이다. 나는 그때, 나
만 일방적으로 잘못했다고 생각하지 않았고 버스 기사
님도 어느 정도는 잘못했다고 생각했다. 그런데 기사
님이 너무 강하게 나오자 내 안에서 반발심이 피어났
고 자연스럽게 사과할 마음이 쏙 들어가버렸던 거다.
이게 그 사건의 전말이다.

어떤 일들은, 시간이 지나고서야 그 일의 옳고 그름
이 보이기도 한다. 그때 버스 기사님에게 사과하지 않
은 건 옳지 않은 행동이었다고 시간은 내게 말해주었
다. 직진하는 차량이 우선이라는 걸 그때는 잘 알지도
못했을 만큼 나는 애송이였기에, 나는 겸손하고 또 겸
손해야 했다. 내가 운전에 대해 아무것도 모르는 초짜
라는 걸 인정하고, '이게 무슨 상황이지?' 싶은 혼란스
러운 상황에선 일단 상대 운전자에게 사과의 인사를
건네고 볼 일이었다. 애매해도 사과할 줄 아는 사람이
되어야지, 그 일 이후로 난 몇 번이나 이런 생각을 했

다. 화를 내야 마땅한 상황에서 화를 내지 않아도 후회되지만, 반대로 사과해야 할 상황에서 사과하지 않아도 후회가 된다. 나는 후자일 때 마음이 더 괴롭다. 그래서 '알고 보니 내 잘못이 아니었더라' 하는 일이 설령 벌어진다 해도 사과를 하자는 주의다. 사과를 못 하고 후회하는 것보다 사과하고 후회하는 편을 택하자, 이렇게 노선을 정리한 것이다. 버스 기사님, 늦었지만 사과합니다. 그때 죄송했어요.

운전한 지 여러 해가 지난 지금은 적어도 무법자 신분에선 탈피한 것 같다. 하지만 모를 일이다. 나도 모르게 누군가를 위협하는 운전을 하고, 누군가에게 불쾌감을 주는 운전을 했을 수도 있다. 행여나 그럴까 봐 내가 습관처럼 하는 일이 바로 깜빡이 켜기다. 도로 위의 깜빡이 요정이 되는 거다. 조금만 미안하거나, 조금만 고마워도 비상등을 세 번 깜빡여서 그 마음을 표현하는 것. 이렇게 하니까 일단 내 마음이 편해서 좋았다. 애매한 상황이어도 내가 먼저 사과하고 나면 내 마음이 편해지는 것이다. 이 모든 게 어쩌면 지금까지 내가 폐를 끼친 모든 운전자를 향한 속죄일지도 모르겠다.

내가 깜빡이를 켤 때면 마땅한 일을 했다는 보람을 느끼고, 남이 나를 향해 깜빡이를 켜주는 걸 볼 때면 가슴 따뜻함을 느낀다. 나는 비상등이 여기저기서 흔하게 깜빡이는 도로를 꿈꾼다. 타인의 배려에 고맙다고 표현하는 것, 그것 역시도 배려가 아닐까. 배려와 배려가 만나는 그 순간이 나에겐 가장 운전할 맛 나는 순간이다. 진한 선팅에 가려진 익명성이 서로를 향해 으르렁대는 대신 서로를 향해 미소지어 줄 때, 운전하길 참 잘 했다 싶다.

26

자동차 여행을 하다

누군가를 행복하게 해줄 때

차 사기를 정말 잘 했다고 느낄 때는 가족과 함께 여행할 때다. 근래 몇 년을 제외하고는 차가 있어본 적이 없던 우리 집은 자연스럽게 가족여행 경험도 거의 없었다. 그러다 내가 어른이 돼서 차를 사고부터 비로소 우리 가정에도 여행이라는 문화가 조금씩 꽃피우기 시작했고, 이제는 그 꽃이 만발하여 우리 네 식구에게 여행만큼 익숙한 일도 없게 되었다. 내가 부산 본가에 내려가거나 식구들이 내가 있는 곳으로 올라올 때면 우린 약속처럼 당연한 듯 차를 타고 여행을 한다. 멀리까지는 못 다녀도 끌리는 곳 어디든, 국내 이곳저곳을 구경 다닌다. 만약 운전을 하지 않았다면 우리 가족 사이에 공유할 추억들도 없었겠지, 그런 생각을 할 때마다 자동차야말로 나와 내 가족의 행복에 결정적인 기여를 한 존재란 걸 실감한다.

살아가며 내가 진실한 행복을 느끼는 순간을 꼽자면, 여행을 마치고 집으로 돌아가는 차 안에서 엄마와 아빠가 잠에 빠진 걸 볼 때다. 사소한 일로 티격태격할 때도 있지만 각자의 기억 속에 영원히 머물 같은 추억을 만들고서 돌아가는 시간, 그 길 위에서 내가 사랑하는 가족이 고단한 몸을 쉬며 졸고 있을 때 나는 가슴 벅찬 행복을 느낀다. 차창 밖엔 밤이 내려앉고, 조용해진 차 안에서 두 사람이 좀 더 달게 잘 수 있기를 바라며 고요히 운전하는 그 침묵의 시간이야말로 내겐 다른 어떤 것과 비할 데 없는 감사함의 결정체인 것이다.

절대 잊을 수 없는 건 8년 전에 했던 우리 가족의 첫 여행이다. 모든 면에서 그 추억은 각본 없는 드라마 그 자체였다. 여행이란 것도 처음이었고, 제주도도 처음이었고, 운전도 처음이었으니, 그러니 그건 평범하게 살아온 한 가족의 일생일대 모험이자 대일탈, 활극이었던 셈이다. 물론 이 모든 걸 기획하고 주도한 건 나였다. 다만, 당시 나는 운전면허를 따기 전이었던 터라 운전대는 오빠가 잡았는데, 그때 오빠는 극한 초보였다. 면허는 있었지만 도로에서 운전해본 경험이 거의 없었던 거다.

그때가 우리 가족의 역사를 통틀어 처음으로 가족 중 누군가가 운전하는 차를 타본 때였다. 네 사람의 목숨이 오빠의 두 손과 오른발에 달린 가운데, 그러나 운명의 장난은 시작됐으니, 우리 식구는 제주도민마저도 고개를 저을 법한 최악의 날씨를 만나버리고 만다. 절물휴양림을 구경하고 숙소로 돌아가야 하는 상황이었는데 비와 안개가 시야를 완전히 차단해버린 것이다. 설상가상 컴컴한 밤이 내려앉은 가운데 가로등이라고는 눈 씻고 찾아봐도 없는 완전한 산속 도로를 한참이나 운전해서 지나야 하는 처지였다. 그때 우리 가족이 흘린 식은땀을 모으면 마을 하나는 쉽게 삼켜버릴 홍수가 됐으리라.

그나마 앞차의 후미등이 유일한 희망이었다. 그 후미등을 등대 삼아, 동아줄 삼아 우리 차는 1시간 가까이 산길을 내려왔다. 시속 10킬로미터쯤 되는 속도였다. 가시거리가 1~2미터밖에 안 됐을 정도로 운무가 짙은 상황이었고, 이러다 큰 사고가 날 것 같다는 생각이 수도 없이 들었다. 엄마는 기도하고 또 기도하며 가족의 무사 귀환을 빌었다.

결국은 엄마의 기도대로 됐다. 우리 가족은 아직도 그때 이야기를 가끔 나눈다. 그때 우리가 얼마나 무모했는지, 얼마나 목숨이 위태로웠는지… 이렇게 꺼내놓는 과거의 회상이, 무사히 살아 돌아왔다는 현재의 안도감과 포개져 묘한 미소를 짓게 한다. 사실, 이토록 식겁한 경험을 날씨 탓으로만 돌리기엔 내 양심에 찔리는 바다. 여행이란 게 처음이었던 나는, 나보다 더 여행 경험이 없는 가족들을 대표해 계획을 짠다고 짠 것이 그만 요령 없이 절물휴양림에서 너무 먼 곳에 있는 숙소를 잡은 것이다. 그 숙소라는 것도 게스트하우스였단 것까지 말해버리면 내가 너무 한심하게 보일 것 같아 여기까지만 쓰겠다.

그 여행 이후로 몇 년 후에 나와 오빠는 각자 차를 샀고 이제는 렌터카가 아닌 우리 차로 여행을 다닌다.

내가 한두 달에 한 번꼴로 부산 본가에 내려가면 우린 늘 기장 연화리에 가서 해산물을 먹고 자연 속에 있는 카페에서 커피 한잔을 마시고 바다를 좀 보다가 돌아오곤 한다. 차가 없었다면 어림없는 일이다. 대중교통으로 다니는 한계도 한계지만, 엄마 아빠의 무릎이 이제는 성치 않아 걷기가 힘들기 때문에 차 없이는 여행 자체가 불가능하고, 여행뿐 아니라 일상에서도 차가 없으면 볼일 보기가 불편하다. 이제 우리 가족에게 차는 필수가 되었다.

자동차 여행은 그 어떤 다른 탈것으로 하는 여행보다 자유롭다. 화장실을 참을 필요가 없고 휴게소에서 20분 이상 쉬고 싶으면 그래도 된다. 심지어 휴게소에서 우동을 먹을 수도 있고, 도로를 달리다 괜찮아 보이는 식당을 마주치면 즉흥적으로 내려서 여유 있게 식사할 수도 있다. 대중교통이 끊긴 늦은 밤에 귀가하는 것도 가능하고, 버스 정류장이 없거나 정류장에서 멀리 떨어진 곳도 구석구석 찾아 들어가 구경할 수 있다. 교외의 한적한 곳에 있는 맛집도 찾아갈 수 있다. 지나가다가 멋진 경관을 만나면 잠시 길가에 차를 세우고 풍경 앞에서 멍하니 쉴 수도 있다.

특히 나는 엄마와 단둘이 여행을 자주 간다. 8년 전쯤 엄마가 황반변성 판정을 받았고 시력이 많이 나빠졌는데, 그 황반변성이 실명으로까지 이어질 수 있는 심각한 질병이란 걸 알고부터 나는 엄마를 데리고 부지런히 여행을 다녔다. 지금은 어느 정도 엄마의 눈 상태가 안정권에 접어들어서 이렇게 담담하게 말할 수 있지만, 그때 나는 하늘이 무너지는 것 같았다. 지난 시간을 돌아봤을 때 엄마에게 좋은 것들을 많이 보여주지 못한 게 사무치게 후회됐다. 그때부터 나는 엄마와 함께 여행 가는 걸 그 어떤 일보다 중요하게 여겼고, 만날 때마다 엄마를 조수석에 태우고 새로운 곳으로 떠났다. 8년 전의 그 제주도 여행이 그런 계기로 시작된 첫 여행이었던 것이다.

우리 가족 중에서도 나와 엄마가 유독 여행을 좋아한다. 둘이 워낙 잘 통하고 친구처럼 편해서 우리는 서로에게 최고의 여행 메이트다. 엄마도 여행할 때면 그렇게 행복해할 수가 없다. 내가 왜 진작 면허를 따지 않았지, 왜 진작 차를 사서 엄마와 여행을 다니지 않았지 하고 가버린 지난 시간이 아깝게 느껴질 때가 많았지만, 이제부터라도 이렇게 자동차 여행이란 걸 알게 되고 즐기게 돼서 다행이란 생각이 들었다. 인생은 이토록 아이러니하다. 엄마 눈이 아프단 걸 알았을 때 모든 게 끝난 것처럼 절망스러웠지만, 그 병을 계기로 우린 세상을 더 많이 둘러보고 두 눈에 담기 시작했고 그런 새로운 시도가 오히려 병을 앓기 전에는 없던 새로운 행복을 가져다주었기 때문이다. 엄마가 시력이 별로 좋지 않고, 무릎이 아파서 많이 걷지 못하지만 언제든 내 차로 엄마를 태우고 아름다운 것을 보러 갈 수 있다는 게, 보고 싶은 걸 나란히 서서 함께 볼 수 있다는 게 감사해서 뭉클해질 때가 많다.

혼자 여행할 때도 자동차는 더없이 요긴하다. 몇 해 전, 처음으로 제주도에 나 홀로 여행을 떠났을 때 나는 하얀색 K3를 빌려서 돌아다녔는데 그때 나는 자유라는 걸 태어나서 마치 처음 느껴보는 기분이었다. 혼자 하는 여행이 처음이기도 했고, 자동차를 빌려서 하는 나 홀로 여행도 처음이어서, 이런 몇 가지 낯선 경험들이 겹쳐져 여태껏 맛보지 못한 새로운 차원의 자유로움을 느껴볼 수 있었던 거다. 창문을 열고 해안도로를 여유 있게 달리면서 바다를 보고, 미리 찾아놓은 식당에 가서 밥을 먹고, 도시의 복잡한 주차장이 아닌 식당 앞마당 혹은 해안가에 무심히 차를 세워두고, 주차비 낼 것 없이 세워뒀던 차에 올라타 곧바로 다음 목적지로 향한다. 그 목적지에서 근사한 풍광을 눈에 담으며 커피 한잔을 하고, 이런저런 사색에도 빠져보고, 어둑해질 무렵엔 시장에 가서 오직 내 입맛만을 고려한 음식들을 사고, 혼자만의 달콤한 휴식을 제공해줄 숙소로 돌아가는 것. 차가 있었기 때문에 더욱 나의 내면에 집중할 수 있었고, 자유로움과 여유로움의 참맛을 느껴볼 수 있는 여행이었다.

올해 초에는 회사로부터 받은 한 달간의 안식월을 활용해 제주 보름살이를 다녀왔다. 숙박비 못지않은 가격이었지만 차가 없인 다니기 힘들다는 걸 알기에 조그마한 경차 하나를 빌렸고, 15일 동안 이 차는 내가 어디에 가든 함께해주는 가장 가까운 벗이 되어줬다. 보름'살이'인 만큼 나는 여행자가 아닌 그곳에 머무는 사람이 되어보고 싶었다. 유명한 관광지가 아닌 카페나 독립서점 등을 돌아다니면서 좀 더 일상에 가까운 시간을 보냈고, 매일 숙소 근처의 한담해변에 가서 같은 코스를 산책하기도 했다. 제주도의 고요한 '일상'을 즐기는 데 차가 큰 도움이 된 셈이다. 가장 좋았던 시간은 한라산 1100고지 습지의 설경을 본 일이다. 겨울왕국이 따로 없었다. 보름살이 중에 며칠은 가족이 와서 함께 여행을 다녔는데, 그때 엄마와 이모와 함께 갔던 1100고지는 우리 세 사람 인생 최고의 풍경이었다. 나만 그런 게 아니었다. 엄마와 이모도 "내 평생을 통틀어 본 것 중 가장 멋진 경관이다"라고 말하면서 입을 다물 줄 몰라 했다. 특히, 설산을 처음 딱 마주치던 순간은 소름 돋도록 감동적이었다. 차를 타고 1100고지 도로를 올라가는데 굽이굽이 코너를 돌 때마다 새하얀 나무가 우리를 호위하듯 양옆으로 높게 치솟아 이어졌다. 그걸 올려다보면서 우리 세 사람이 내뱉었던 탄성 소리가 아직도 귀에 맴돈다.

돌이켜보면 내가 누군가를 행복하게 해주고, 나 자신을 행복하게 해주는 순간마다 언제나 차가 함께했다. 물론 이건 우연이 아니다. 행복한 순간에 우연히 차가 있었던 게 아니라, 차 덕분에 그런 질 좋은 행복을 만들 수 있었던 것이다.

27

호의의 운전

누군가의 마음 안으로 운전하기

차가 있으면 호의를 베풀 기회가 종종 생긴다. 살면서 누군가의 차를 얻어 타는 호의를 받은 적이 많은데, 그에 비하면 내가 호의를 베푼 횟수는 그보다 적은 것 같다. 얼마 전에 SNS를 보다가 인상적인 영상 하나를 발견했다. 나이가 아주 많아 보이는 할아버지가 택시인 줄 알고 어떤 자가용에 올라탔는데, 차주인 그 청년이 할아버지에게 아무리 이건 택시가 아니다, 잘못 타셨다고 말해도 할아버지가 못 알아들으셨던 거다. 계속 자리를 지키고 있는 할아버지를 결국 청년은 집까지 모셔다드렸고, 심지어 차에서 내려서 집 대문까지

부축해드렸는데 알고 보니 청년은 회사 면접에 가는 길이었던 거다. 할아버지를 배웅해드리고 차에 다시 올라타면서 어쩔 줄 몰라 하는 목소리로 "아, 미치겠네. 30분 늦었다"라고 말하는 청년의 한마디가 블랙박스에 녹음돼 있었는데, 그래도 그 목소리엔 할아버지에 대한 원망이 아닌, 어쩔 수 없었던 일이고 해야 할 일을 했다는 투의 체념이 담겨 있었다. 나 같으면 어떻게 했을까 상상해봤는데, 면접 장소에 할아버지와 일단 같이 간다는 제3의 황당한 결말에 이르렀다. 역시, 모르는 사람에게 선뜻 호의를 베푸는 건 상상으로라도 어려운 일이다.

내가 받아본 호의 중에 잊을 수 없는 게 하나 있다. 몇 년 전에 제주도에 강연 일정이 하나 잡혀서 가게 됐는데, 혼자 가기 심심해서 엄마와 동행했다. 강연이 끝나고서 둘이서 여행을 하고 돌아올 계획이었는데, 막상 가보니 나는 차를 운전할 수 없는 형편이었다. 렌터카를 빌리려면 면허를 딴 지 1년 이상 돼야 한다는 자격조건이 있었는데 이 조건에 부합하지 않았기 때문이다. 별수 없이, 그러나 즐거운 마음으로 우린 버스를 타고, 또 걸어서 제주도를 구경했다.

일단 용눈이오름에 갔는데 그곳은 더할 나위 없이 환상적이었다. 인도가 없는 탓에 찻길로 위험하게 걸을 수밖에 없었지만 기대했던 것보다 근사한 풍경에 모든 노고가 씻겨 내려갔다. 카약을 타러 어느 바다를 찾아가기도 했다.

하지만 이건 뜻밖의 시련이었다. 버스에서 내린 우리는 지도 어플에 의지해 목적지를 찾아갔는데 걸어도 걸어도 계속 논밭만 나왔다. 30분은 족히 걸었지만 엎어지면 코 닿을 것 같은 수력발전 풍차는 희한하게 가까워질 줄을 몰랐다. 걷는 것까진 괜찮았다, 사람이 걸을 수 있는 길이라면. 그런데 우리가 들어선 길은 그런 길이 아니었다. 미궁 속으로 점점 빠지는 아찔한 기분이었다. 논밭을 가로질러, 낮은 담벼락들을 넘어, 논밭에 뿌려놓은 똥을 밟아가며 걷고 걸어도 인도가 나오지 않았다. 완전히 길을 잘못 든 것이었다. 도로로 나갈 수만 있다면 택시를 타든 뭐든 할 수 있을 텐데, 이런 간절함으로 걷고 걸어도 도로는 나오지 않았다. 엄마와 나는 1시간 가까이 그렇게 헤맸고 탈진할 지경이었다. 한여름이었다. 그때, 밭일을 하던 아저씨 한 분을 기적적으로 발견했다. 우린 아저씨에게 다가가 울 것 같은 얼굴로 길을 물었다. 카약을 타려 한다고, 저 풍차가 있는 바다 쪽으로 가려하는데 도무지 길을 모르겠다고 경상도 사투리로 말하는 모녀에게 그곳 주민인 아저씨는 대답했다. 저 풍차가 가까워 보여도 그렇지 않다고, 여기서 걸어서는 갈 수 없는 거리라고. 이것 참 큰일이다 싶어 다리에 힘이 풀렸다. 그런데 아저씨가 주저함도 없이, 밭 옆에 서 있는 자기 트럭을 가리키며 자기가 차로 데려다주겠다고 말하는 것 아닌가!

지옥에서 구세주를 만나면 그런 기분일까. 미로처럼, 함정처럼 우리를 헛돌게 했던 그 늪에서 벗어날 수 있다는 희망에 우리 모녀는 부풀었다. 엄마와 나는 염치 불고하고 트럭에 올라탔다. 아저씨는 카약 타는 곳까지 우릴 데려다줬고 우리는 비록 기진맥진한 채였지만 예약해둔 카약을 탔다. 그때 그 고마운 마음을 말로 어찌 다 표현할까! 차에서 내리면서 급한 마음에 우리는 주섬주섬 가방에 든 과자를 드렸는데, 지금 생각하면 차라리 돈 몇 푼이라도 사례로 드렸으면 좋았을 텐데 싶어 후회되고 죄송하다. 아저씨의 호의 덕분에 우리는 똥밭에서 겨우 빠져나올 수 있었고, 비록 코로 들어가는지 입으로 들어가는지 모를 카약이었지만 목적한 여행 일정을 무사히 마무리할 수 있었다.

누군가를 태워줌으로써 베풀 수 있는 호의를 방해하는 요인이 있다면, 그건 차를 지나치게 아끼는 마음이다. 누군가가 내 차에 타면 차에는 그 사람의 흔적이 남을 수밖에 없다. 상대가 아무리 안 탄 듯이 배려 깊게 행동한다고 해도 조수석 바닥에는 흙이 묻을 것이고, 머리카락은 떨어질 것이다. 이런 게 무섭다면 차에 아무도 태워서는 안 된다.

그렇게 혼자가 된다. 뭐든 지나치게 아끼는 게 인생을 해롭게 만드는 건 이런 원리에서다. 내 것을 너무 아끼려다 보면 외부의 모든 자극으로부터 내 것을 지키고자 차단막을 치게 되고, 그러면 정작 중요한 것을 놓쳐버리고 만다. 차를 처음처럼 고스란히 유지하기 위한 게 내가 차를 산 목적이었던가? 절대 아니다. 그게 목적이라면 차고를 마련해서 박물관의 유물처럼 넣어두고 보존했어야지. 내가 차를 산 목적은 이 차로 나 자신을, 그리고 내 주위의 사람들을 돕고 삶의 질을 향상하기 위함이다. 나도 차를 사랑하는 마음이 큰 사람이어서, 이런 목적을 망각하고 차를 아끼느라 누군가에게 호의를 베푸는 데 소극적이게 될 때도 있었다. 차가 더러워질 게 두려워 누군가를 태우지 않는다거나 그런 적은 없었지만, '어제 청소했는데 더러워지면 어떡하지'라는 걱정이 마음 한쪽을 스쳐 간 적은 있었다. 그런 걱정들이 내 마음을 기웃거릴 때면 내가 타인으로부터 받은 호의들을 생각한다. 제주도 트럭 아저씨, 친하지 않은데도 기꺼이 나를 태워준 스쳐 지나간 인연들, 그리고 가까운 나의 지인들….

한 교수님의 호의도 오래도록 마음에 남아 있다. 대학생 때 미술 교양수업을 들었는데, 교수님은 설치미술 작가로도 활동 중인 젊은 여성분이셨다. 어느 날, 학생들과 교수님이 수업의 일환으로 함께 평창동에서 열린 전시회에 갔는데 전시를 다 보고 나오는 길에 예보에 없던 비가 내렸다. 다행히 억수처럼 쏟아지진 않아서 비를 맞으며 지하철역을 향해 빠르게 걷고 있는데,

차를 운전해서 지나가던 교수님이 "태워줄까" 하고 창문을 열고는 물으셨다. 숫기가 없던 나는 둘만의 어색한 공기가 무서워서 "아니에요, 괜찮습니다" 하고 거절했는데 그게 아직도 마음에 걸린다. 인간 대 인간으로 건넨 그녀의 선의를 거절한 건 예의에 어긋난 일이었던 것 같다. 그녀도 용기 내서 한 말이었을 텐데 말이다.

내 옷에 묻은 비가 자신의 차 내부를 젖게 할 수도 있고, 그런 게 아니더라도 단지 귀찮고 번거로울 수 있는데도 태워주겠다고 말해 준 교수님의 마음이 고맙다. 호의의 힘이란 건 내가 생각하는 것보다 꽤 큰가 보다. 어떻게 보면 며칠 만에 잊을 법한 사소한 일이었는데도, 그 기억이 아직도 남아 있는 걸 보면 말이다.

나도 다른 사람을 태워주는 일이 종종 있는데 그럴 때마다 나를 긴장하게 만드는 징크스가 하나 있다. 누군가를 바래다주고 돌아오는 길에 사고가 난 적이 세 번이나 있어서, 그게 하나의 징크스처럼 돼버린 거다. 태워주고는 싶은데 태우기 무섭긴 하고, 그래도 어쨌든 태워는 주는데 내려주고 돌아올 때면 초긴장 상태에서 운전하게 된다. 그렇다고 타인을 향한 선의를 쉽게 포기할 순 없다. 징크스를 피하는 것보다 인간으로서 도리를 지키는 게 가치 있는 일일 테니까. 지난 경험으로 나는 잘 알고 있지 않나. 호의를 받고 나면 그것이 얼마나 오랫동안 내 마음을 따뜻하게 데워주는지를. 차에 남는 오염이나 스크래치는 시간이 흐르면 변하거나 흐려지지만, 사람의 마음에 남는 선의는 그 사람이 자기 인생을 살아가는 동안 계속해서 그 인생 안을 냇물처럼 흐른다. 멀쩡히 잘 타던 나의 첫 번째 차 스파크를 사고로 갑자기 폐차했을 때, 내 머릿속을 채운 후회가 바로 이것이었다. 좀 더 편하게 막 탈걸, 엄마가 과자 부스러기 흘려도 잔소리하지 말걸, 사람들을 더 많이 태워줄걸, 친구들 태우고 여행을 더 자주 다닐걸… 차보다 사람이 더 중요하단 걸 한순간도 잊지 않으리라 오늘도 시동을 걸며 되뇌어본다.

28

도로 위의 눈물

이 고속도로는 누가 만들었을까?

지도를 보면 도로가 혈관처럼 국토를 덮고 있다. 문 밖을 나가면 넓든 좁든 어디에나 도로가 있다. 고개를 들면 하늘이 있듯이 발아래는 자연스럽게 도로와 차들이 존재한다. 운전할 때면 '이렇게 사방으로 끝없이 이어지는 도로를 누가 어떻게 만들었을까' 그런 생각도 가끔 든다. 원래 그 자리에 그렇게 있었던 것처럼 이용하지만, 길은 원래 거기에 없었다. 불과 몇십 년 전만 해도 우리가 애용하는 도로들은 거기에 없었다. 누군가의 손길이 검은 아스팔트 위로 점점이 묻어 있다는 뜻이다.

사실 나는 '도로의 날'이 있다는 걸 최근에야 알았다. 도로의 날(7월 7일)은 국가 경제발전과 산업 성장의 원동력이 되어준 경부고속도로 개통일(1970년 7월 7일)을 기념하는 날이다. 기념이라는 말 안에는 자축의 의미만 있는 건 아니다. 도로를 만들면서 희생된 순직자와 도로교통 분야 발전에 기여한 유공자에 위로와 감사의 마음을 표하는 날이기도 하다.

충북 옥천 금강휴게소 인근에는 '경부고속도로 순직자 위령탑'이 있는데, 이는 경부고속도로 건설현장에서 숨진 77명의 순직자를 기리기 위해 세워진 것이다. 매년 7월 7일이면 순직자의 유가족은 40여 년 전에 세워진 이 위령탑에 모여 위령제를 지낸다. 경부고속도로 건설은 1968년 2월부터 1970년 7월 7일까지 짧은 기간 안에 완성된, 165만 대의 장비와 연인원 893만 명이 동원된 유례없는 규모의 국가사업이었다. 서울에서 부산까지 그 긴 도로를 2년 5개월이라는 짧은 기간 안에 무리하게 완공할 만큼 빡빡한 일정은 77명의 희생자를 만들었다. 박정희 시대의 그림자다.

당시 현장 상황은 열악했다고 한다. 대부분 20~30대

청년들이었던 현장 인부들은 밤낮으로 공사에 매달렸고 휴일도, 명절도 없이 일했다. 기술력도 턱없이 부족했다. 16개 국내외 시공업체가 공사에 참여했지만 그중 고속도로 건설 경험이 있는 업체는 현대건설뿐이었고, 장비는 대부분 6·25전쟁 이후 들여온 노후장비였다. 이런 기술력으로 단기간에 도로를 완공해내기 위해 공사 현장 근처 막사에서 먹고 자며 살인적인 작업량을 소화해야 했던 인부들은 갖은 사고에 노출되었다. 미끄러운 길에서 무리하게 공사 자재를 운반하다가 트럭 전복사고를 당한 청년은 겨우 26세였다고 한다. 아들의 죽음으로 큰 충격을 받은 희생자 부모들은 쓰러지거나 급속도로 건강을 잃고 이내 아들 곁을 따라가는 일도 많았다.

하지만 유가족들에게 주어진 위로금은 소속 건설사에서 주는 50만 원이 전부였다. 현재 가치로는 500만 원 수준이다. 정부 차원의 보상은 따로 없었다. 가장의 갑작스러운 죽음으로 생계가 막힌 가족들은 50만 원으로는 그 많은 식구를 도저히 먹여 살릴 수 없어 생활전선에 뛰어들어야 했다. 유가족의 상처와 분투 역시 이렇듯 눈물겨웠다. 한 순직자의 딸은 신문 인터뷰를 통해 집안이 어려워 아버지 제사도 제대로 지내지 못했다고 밝히며, 그러다 몇 년 전부터 세 자매가 위령제에 제사 명목으로 참석하고 있다고 말하기도 했다. 세 자매뿐 아니라 생계 걱정 때문에 위령제에 참석하지 못하는 유가족들이 적지 않다고 한다.

어려운 시대였기에 당시로서는 어쩔 수 없었다고 말하는 사람도 있을 것이고, 산업화 역군으로 기억되리라며 가치를 부여하는 이도 있을 것이다. 그러나 산업성장도, 경제발전도 사람의 목숨보다 중요할 수는 없기에 경부고속도로에 바친 77명의 목숨은 여전히 비통하다. 지금도 어렵게 사는 유가족들이 있지만 나라에선 보상이 없다. "유가족들에게 고속도로 통행료라도 면제해주면 고맙겠다"라고, "도로공사 취업에 유가족을 우대해주는 등의 배려가 있으면 좋겠다"라고 말하며 섭섭함을 내비치는 희생자 가족들의 기사를 볼 때면 안타깝다.

경부고속도로가 완공되고 50년이 지난 지금도 여전히 산업현장에선 노동자들이 사고로 목숨을 잃고 있다. 특히 젊은 청년들의 억울한 산업재해 사망사고가 뉴스에 끊이지 않고 보도되고 있다. 이는 생명보다 산업 성장을 우선시하는 풍조가 여전히 우리 사회에 만연해 있다는 방증 아닐까. 사고가 난 후 그들을 위로하는 게 무슨 소용인가. 그런 사고가 애초에 발생하지 않도록 재해 없는 환경을 만드는 것이 시급하다. 일하다가 사람이 죽는 사회, 생명을 보호하는 데 드는 비용을 아까워하는 사회, 그런 세상에서 우리와 우리의 다음 세대들이 살 수는 없다.

29

직업으로서의 운전

도로 위에서 먹고산다는 것

　자이언티의 노래 '양화대교'를 들으면 왠지 모를 짠함이 몰려온다. 노래는 이렇게 시작한다.

　우리 집에는 매일 나 홀로 있었지. 아버지는 택시 드라이버. 어디냐고 여쭤보면 항상 "양화대교." 아침이면 머리맡에 놓인 별사탕에 라면땅에 새벽마다 퇴근하신 아버지 주머니를 기다리던 어린 날의 나를 기억하네.

　그리고 이렇게 가사가 이어진다.

행복하자, 우리 행복하자. 아프지 말고 오 아프지 말고.

　나의 아버지는 택시 운전사가 아니고, 내 주위에도
운전으로 밥벌이를 하는 사람이 없기에 운전이라는 직
업에는 어떤 기쁨과 슬픔이 존재하는지 잘 알지 못한
다. 하지만 가끔 택시를 타거나 종종 버스를 탈 때마다
기사님들의 애환이 내게 전해지는 순간들이 있고, 그
럴 때마다 직업으로서의 운전에 대해 생각해보게 된
다.

　얼마 전에 빨간색 광역버스를 타고 인천에서 서울로
이동할 일이 있었는데 기사님 뒷자리에 앉게 됐다. 운
전이란 걸 하고부터는 남의 운전에 감정이입 하는 습
관이 생긴 터라 그날도 나는 내가 운전하는 기분으로
기사님의 뒤통수 너머 도로를 바라봤다. 스트레스받
는 순간이 한두 번이 아니었다. 자가용을 운전할 때도
화나는 일은 흔하지만 어쩐지 좀 다르게 느껴졌다. 더
스트레스받는 느낌이랄까. 왜 그런지 곰곰 생각해보
니 버스 운전은 내가 이동하기 위해 하는 일반적인 운
전이 아니라 '일'로서의 운전이어서 그렇지 않나 싶었

다. 불현듯 기사님의 어깨가 무거워 보였고, 운전은 즐거운 일이라는 인식만 지니고 살던 내가 철없게 여겨지면서 기사님들에게 미안한 생각마저 들었다. 운전은 한순간도 눈을 뗄 수 없는 일인데 그걸 몇 시간씩 한자리에 움직이지 않고 앉아서 해야 하는 게 얼마나 고된 일일까, 이런 생각을 자주 했더라면 기사님들에게 감사하다는 인사도 보다 진심으로, 한 번이라도 더 건넸을 텐데.

한 화물 운송 노동자의 인터뷰 기사를 본 적 있다. 경북 포항에서 생산된 철강 화물을 다른 지역으로 운송하는 16년 차 노동자인데, 오전 3시에 일을 시작해 하루 16시간을 운전한다. 하루 이동거리만 약 700킬로미터. 기사 사진 한 장이 눈에 띄었다. 그가 모는 대형 트레일러 뒷자리에 이부자리가 깔려 있는 사진이었다. 도로에서 대부분 시간을 보내는 그에게 트럭은 거주공간이나 마찬가지인 셈이다. 그는 한 달에 평균 1400만 원의 매출을 올리지만 유류비와 고속도로 통행료, 보험료 등을 빼고 나면 300~400만 원이 남는다고 말했다. 매달 1000만 원가량 나가는 고정비용뿐 아니라 차량 구입비로 드는 초기비용이 상당하다고 그는 덧붙였다. 이 노동자가 운전하는 24톤 트레일러는 가격이 2억 5000만 원으로, 여기에 적재함 구입비와 법인 번호판 구입비 등을 더하면 3억 5000만 원 정도가 든다. 목돈이 없는 화물노동자들은 할부로 차량을 사서 5년 정도 갚아 나가기 때문에 매월 250~300만 원의 할부금을 내고 나면 순수익은 100~150만 원에 그치는 것이다. 노동시간을 고려하면 저임금이다.

가족을 부양하기 위해 운전하는 사람들에게 운전은 무엇일까. 내가 이 책에 쓴 드라이브의 달콤한 순간들을 예찬하는 글을 그들이 읽는다면 어떤 기분일까. 도로에서 그들은 어떤 생각을 할까. 도로를 보면 그냥 달리고 싶은 게 자연스러운 마음일 텐데, 시내버스 기사님들은 몇백 미터 못 가서 있는 다음 정류장에 또 차를 세워야 한다. 자꾸 차를 정차해야 하는 게 갑갑하지 않을까. 시외버스 기사님들은 단조로운 고속도로 위에서 졸음과의 사투를 벌이기도 할 것이고, 택시 기사님들은 손님을 태워주고 나오는 길의 동선과 이것저것을 계산하면서 차를 모느라 마음이 바쁠 것이다. 트럭 기사님들은 그렇게 큰 차를 도대체 어떻게 모는 걸까. 저 위 공중에 올라앉아 마징가제트처럼 거대한 차를 조종하는 그들에겐 어떤 고민이 있을지 가늠조차 되지 않는다. 나로서는 도로 위에서 생계를 이어가는 이들의 눈물과 웃음을 다 알 수 없지만, 누군가에게 운전은 즐거움일 수 없겠다는 생각에 마음이 서글퍼진다.

자이언티의 '양화대교'는 후반부에 이렇게 이어진다.

그때는, 나 어릴 때는 아무것도 몰랐네. 그 다리 위를 건너가는 기분을. (…) 이제 나는 서 있네, 그 다리 위에.

검은 선팅 너머에 있을 타인의 모습이 궁금해져 백미러를 쳐다볼 때가 많다. 무슨 통화를 하는지 손까지 사용해가면서 열띠게 말하는 사람, 음악에 맞춰 고개를 끄덕이는 사람, 창문을 열고 담배 피우는 사람, 눈이 부신지 선글라스를 찾아 끼는 사람, 옆 사람과 이야기를 나누다가 웃겨 넘어가는 사람, 걱정이 있는지 자기만의 생각에 골몰한 사람… 여러 얼굴들이 작은 백미러 안으로 들어온다. 내 백미러 속 얼굴들이 어디까

지나 행복했으면 하는 바람이다. 특히, 기사님들의 얼굴이 좀 더 편안해지면 좋겠다. 택시부터 아이들을 태운 통학용 차량까지, 길 위에서 밥벌이하는 모든 기사님들의 아들딸들이 부모의 안전운전을 기도하듯 나도 그들의 안전과 행복을 기도한다.

행복하자, 우리 행복하자. 아프지 말고 오 아프지 말고.

4장

길 위에서

30

기름을 넣다

인생은 3분 후를 예상할 수 없다

"휘발유 가득 넣어주세요."

3분 후를 예측할 리가 없는 나는 호기롭게 "가득이요"를 외쳤다. 그리고 정확히 3분 뒤, 아이돌 그룹 NCT127의 '영웅'을 크게 틀고 달리던 나는 사고를 냈다. 동그랗게 회전하는 램프 구간에서 나의 스파크는 제어력을 잃고 미끄러졌고 나는 그 사고로 가슴뼈, 그러니까 정확히 말하자면 복장뼈라는 데 금이 가는 부상을 입었다. 차는 공업사로부터 폐차 판정을 받았다. 앞이 다 찌그러져서 딱 봐도 가망이 없어 보였다. 내가 입원한 정형외과의 원무과 직원은 차 사진을 보더니 이 정도만 다친 게 엄청난 행운이라고 말했다.

폐차를 위해서 차 안에 든 물건을 다 빼라는 안내를 받고 나는 아픈 가슴뼈를 부여잡고 방석이며 휴대폰 거치대며 충전기며 트렁크의 우산이며 주섬주섬 차 안에 든 물건들을 큰 가방에 옮겨 담았다. 그때 아차, 5만 원이나 주고 넣은 기름 생각이 났다. 내가 생각해도 좀 실없는 질문이긴 해서 이걸 물을까 말까 한참 고민했지만 결국 나는 물었다. 최대한 대수롭지 않다는 듯, 그냥 생각이 나서 물어본다는 듯한 말투로.

"이 차에 기름이 가득 들어가 있는데 폐차 전에 좀 빼낼 순 없나요?"

돌아온 답변은 실망스러웠다. 안 된다고. 방법이 없다고. 그렇다고 실망한 얼굴을 해선 안 된다. 별것 아니란 듯이 무심하게 물었기 때문에. 속이 쓰렸지만 어쩔 수 없었다. 이럴 땐 인생의 교훈 같은 거라도 챙겨야 그나마 덜 억울하단 걸 경험으로 알고 있었다. 그래서일까. 마침, 내 마음속 골짜기 어딘가에서 다음과 같은 커다란 음성이 굽이굽이 돌아 메아리쳤다.

"남은 네 인생에 '가득이요'는 없다. 인생은 1분 후를 알 수 없는 것이다"

실제로 나는 그 사고 이후로 기름을 가득 넣어본 적이 없다. 매번 20~30리터씩만 넣는다. 몇 초 후도 내다볼 수 없는 게 인생임을 받아들이고, 언제든 사고가 날 수도 있다는 걸 염두에 두고 조심해서 운전하게 됐다. 사고 후로 램프 구간을 돌 때면 시속 30킬로미터 이하로 극 서행을 하고, 매사에 접촉사고 하나 안 나게끔 초 안전운전을 한다.

하루아침에 나는 겸손해졌다. 도로 위에 수많은 말들이 달리는 가운데 순백의 양 한 마리가 있다면 그게 바로 내 차다. 속도를 즐기던 나는 느림의 미학을 추구하는 운전자로 바뀌었다. 무엇보다 미래에 대한 확신을 버리게 됐다. 미래는 아무도 알 수 없는 미지의 세계다. 그게 단 30초 후의 미래일지라도. 그러니 지금을 최선의 것으로 만들어야 하고, 지금을 최고의 가치들을 누리는 시간으로 만들어야 한다. 30초 후가 아니라 지금 이 순간을 살아야 한다.

나는 오늘도 다소곳하게 양손으로 핸들을 잡고 운전을 한다. 오직 이 순간의 안전을 위해서만.

31

여자는 왜

드라마를 보다가 든 생각

남자와 여자가 차 안에서 다툰다. 분위기가 살벌하다. 결국은 끼익, 차가 갓길에 선다. 내리는 건 여자. 언제나 여자가 내린다. 왜냐면 운전자는 늘 남자니까. 그러면 여자는 뒤도 안 돌아보고 떠나가는 차 꽁무니에 대고 소리를 지르며 화를 내고, 그러고는 어쩌겠는가, 처량하게 터벅터벅 걸어간다. 집까지 저렇게 걸어가려는 건가? 에휴, 가련해서 못 봐주겠다. 택시라도 얼른 잡아탈 일이지. 그러나 드라마는 꼭 여자를 택시한 대 다니지 않는 황량한 곳에 떨군단 말이다.

왜 대부분 매체는 운전자를 남자로 그리는 걸까. 나

는 이게 늘 꺼림칙했다. 물론 여성 운전자도 등장하긴 하지만 현실에서 존재하는 여성 운전자의 비율을 생각해보면 극히 낮은 비율이어서 현실성이 떨어지는 설정이 아닐 수 없다. 달리 말해, 왜 여자는 남자의 차를 맨날 얻어 타는가. 그야 차가 없으니까 그렇겠지,라고 대답한다면 다시 이렇게 물을 수 있겠다. 그러니까 대체 왜 여자 주인공에게는 차를 안 주느냐고.

아마도 성 역할에 관한 오랜 고정관념 탓일 것이다. 여성은 남성이 태워주지 않으면 자유롭게 이동하기 힘든 존재로 여겨져 왔고, 이는 과거에는 어느 정도 사실이기도 했다. 남성 운전자의 비율이 더 높은 게 현실이었고, 지금도 그렇다.

자신이 가야 할 곳, 가고 싶은 곳을 스스로 운전해서 가는 것. 이것은 단순한 문제처럼 보이지만 한 인간의 주체성을 논할 때 핵심적인 요소다. 여성은 확실히 이동의 독립성 면에서 남성에 비해 주체적이지 못했던 게 사실이다. 드라마에서도, 현실에서도 퇴근 후에 데이트를 하기 위해 남자를 태우러 그의 회사 앞에 가는 여자는 많지 않다.

운전을 하면 삶의 반경이 넓어진다. 나에게 이 말을 해준 건, 내게 300만 원을 받고 자신의 스파크를 판 그 친구다. 오래 알고 지낸 남자인 친구인데, 그는 내게 운전을 적극, 아주 적극적으로 권했다. 지금 생각해보면 아름다운 설득이었다. 운전하지 않는 네 삶과 운전을 하는 네 삶은 180도 다를 것이라고, 운전을 하게 되면 너라는 사람의 삶의 범위가 전과 비교할 수 없을 정도로 확장될 것이라고 말했다. 보는 게 달라질 거고, 느끼는 것 또한 다양해질 거라고, 그러므로 네가 쓰는 글도 더 풍요로워질 거라고 했다. 삶의 반경을 넓히는 일은 생각보다 네 인생에서 중요한 터닝포인트가 될 거라는 게 핵심이었다.

그 친구는 스무 살이 되자마자 운전을 시작한 베테랑 드라이버다. 고맙다는 말을 제대로 하진 못했지만 운전을 권해주고 차를 중고로 넘겨줘서 그 친구에게 고맙다. 그 스파크가 아니었으면 나는 아직도 운전을 시작하지 못했을지도 모른다. 그랬다면 내 삶의 반경이 이렇게 확장되지 못했을 건 말할 것도 없다.

간혹 드라마의 여자 주인공이 멋지게 운전을 하고

다니는 설정으로 등장하면 나는 그게 참 기분 좋았다. 그 드라마가 더 보고 싶어졌다. 단, '멋지게' 운전해야 한다. 여기서 멋지게 운전한다는 건 편안하고 차분하게 운전하는 걸 뜻하지 〈별에서 온 그대〉의 전지현처럼 화려한 운전 장갑을 끼고 폼(만) 나게 한다는 의미가 아니다. "천송이가 랩을 한다 송송송" 하고 노래하며 달리는 전지현의 빨간색 '우리 붕붕이'는 차선을 이중으로 걸치고 비틀댄다. 본인은 잘못된 걸 전혀 눈치채지 못한다. 다른 차들만 미칠 노릇이다. 그런가 하면 운전석 쪽 사이드미러엔 핸드백까지 걸려 있다. 주차장에서 걸어놓고 깜박한 것이 그만 도로 위를 나부끼게 된 것이다. 참 가지가지 한다.

반면, 또 다른 드라마 〈왜 오수재인가〉에서 변호사로 나오는 서현진은 하얀색 벤츠를 참 멋스럽게도 몬다. 경적을 울릴 때마저도 기품이 흐른다. 여자도 저렇게 평범하게(?) 운전할 수 있는 존재란 걸 보여줘서 고맙다. 〈왜 오수재인가〉에서처럼 능숙한 여성 운전자가 미디어에 많이 그려지면 좋겠다. 아, 그리고 한 가지 또 흥미로운 건 이 드라마에서 남자 주인공 황인엽은 차가 없다는 점이다. 몇몇 장면으로 보아선 차가 있는 듯도 했지만 그런 모습은 거의 그려지지 않았고, 운전을 하는 건 대부분 서현진이었다. 기존 드라마들과 반대의 모습이라 신선해 보였다. 둘이 싸워도 서현진이 걸어갈 일은 없겠구나 싶어서 안심하고 시청 중이다.

옛날이야 '일하는 여성'이 일하는 남성에 비해 적었으니 차가 필요 없다고 쳐도 지금은 아니다. 여성도 기동력 있게 업무를 봐야 하고, 살다가 가슴이 답답할 때면 훌쩍 차를 몰고 드라이브를 떠나야 한다. 그러니, 개인적으로 여성들도 운전을 많이 했으면 좋겠다. 누군가에게 의존하지 않고 독립적으로 움직일 수 있는 능력을 지녔으면 좋겠다. 차는 없더라도 운전은 할 줄 알았으면 좋겠다. 비상시를 위해서라도. 사실 그렇게 생각한다. 이동독립성 확보는 기본인 거고, 삶의 반경을 넓히기 위해 운전을 해야 한다고. 여성도 넓은 세계를 누벼야 하고 더 큰 세상으로 나아가야 한다.

조금 실없는 이야기지만 내가 운전이란 걸 하고 싶다, 차를 사고 싶다고 처음 생각한 것도 드라마를 보고서였다. 〈내 이름은 김삼순〉, 이 드라마 기억하실 거다.

극 중 정려원이, 옛 연인 현빈과 '삼순이' 김선아가 집에 같이 있는 걸 보고 충격을 받고 울면서 뛰쳐나오는 장면이 나온다. 그러곤 주차장으로 가서 핸드백에서 차 키를 찾으면서 주저앉아 오열한다. 처절하지만, 되게 예쁘게 운다. 버스 기다리면서 울고불고하는 것보다 훨씬 우아해 보였달까. 나도 훗날 이별을 하게 되면 차 키를 찾으면서 울어야지, 차 안에서 핸들 위에 엎드려서 울어야지, 다짐했다. 그러나, 훗날 차는 어찌어찌 생겼지만 예쁘게 울면서 이별할 일은 일어나지 않았다. 어쨌든, 버림받은 것도 서러운데 버스 기사님이 벨 안 눌렀다고 화를 내거나 택시 기사님이 카드로 계산한다고 역정을 내면 더 서러울 것은 분명하다. 이별할 땐, 어쩌면 내 차가 필요하다.

32

경차를 의식하다

자격지심은 나를 좀스럽게 만든다

여러 번 언급했듯 내 첫 차는 경차였다. 하얀색 2011
년형 스파크. 이름은 백호. 잠시 백호 작명에 관한 이
야기를 하고 넘어가려 한다. 내게 백호를 판 그 친구가
어느 날 꿈을 꿨는데 꿈에서 자기 친구 차 뒷좌석에 본
인이 타고 있더란다. 한참 이야기하며 가고 있는데 갑
자기 운전석에 앉은 친구가 뒤로 고개를 휙 돌리더니
자기를 쳐다보며 씩 웃는 것이 아닌가. 그런데 그 얼굴
이 사람 얼굴이 아니라 하얀 호랑이였던 것이다. 내 친
구는 꿈에서 동행한 그 친구에게 이 이야기를 들려줬
고, 그 친구는 마침 자기 스파크를 팔려고 하고 있었다

고 말했다. 새로 시작한 사업차 지방에 다녀야 할 상황이었던 내 친구는 옳다구나 싶어 그 차를 본인에게 팔라고 제안했고, 그렇게 그 차는 내 친구 소유가 되었다. 이름이 백호가 된 정황은 대략 이러하다.

그러니까 내가 산 백호는 중고의 중고였다. 그래도 외관과 내부 모두 새 차처럼 깨끗했다. 아, 얼마나 그 차를 사랑했던지! 난 정말 백호를 마음 다해 사랑했다. 내 생애 첫 자동차였으니까. 친구는 내게 백호를 넘기면서 "내가 이 차로 돈 많이 벌었어. 백호는 행운이야"라고 말했다. 백호가 너 역시 좋은 곳으로 많이 데려가줄 거라고, 너도 백호 타고 부자 되라는 말도 해줬다.

그 말은 현실이 됐다. 뭐, 특별히 부자가 됐다는 건 아니고. 나는 백호와 함께 전국 방방곡곡을 누비고 다녔고 좋은 일들도 많았다. 우연인지 몰라도 백호를 타면서 책도 출간하고, 내 꿈에 한층 가까이 다가가는 계기들을 많이 만났다. 차가 생기면서 내 삶이 업그레이드되고 한층 품위가 더해졌다는 느낌을 받은 것도 백호가 준 선물이라면 선물이었다. 비가 와도 옷이 젖을 일이 없었고, 여름에 언덕을 올라가느라 땀 범벅이 될 일도 없었으며, 무거운 짐을 들고 다니느라 팔이 빠질 듯 아플 일도 없었다.

이렇게 고맙고 사랑스러운 백호였지만 내 무의식엔 백호가 경차라는 데 대한 자격지심이 조금은 있었던 것 같다. 주변으로부터 하도 경차에 대한 주의사항(?)을 많이 들은 탓에 그런 심리가 자리 잡았던 것 같다. 경차 타면 무시당한다, 차선 바꿀 때 잘 끼워주지도 않는다, 발레파킹 할 때 대접 못 받는다 등등… 차를 몰기도 전부터 그런 이야기를 듣다 보니 백호를 타고 다닐 때 조금만 내게 매몰찬 차들을 마주쳐도 '지금 경차여서 무시하는 건가?'라는 의심부터 들었다. 예의 있게 깜빡이를 켜고 들어가려 해도 안 넣어주고, 조금만 머뭇거려도 경적을 빵빵거리는 게 영 기분 나빴다. 그런데 세 번째 차를 타는 지금에서야 알 것 같다. 원래 운전자들이란 매정한 존재들이란 걸. 그것도 모르고 괜한 자격지심에 내 기분만 상했던 거다. 그런데, 툭 터놓고 말해서 다 자격지심에서 비롯된 것만은 아니다. 경차여서 무시당한 적도 분명히 있었다.

기자 일을 하다 보니 매일 새로운 곳으로 취재를 가는데 그런 취재 장소로 호텔도 자주 간다. 한번은 강남에 있는 한 호텔에 갔는데 발레파킹을 하는 시스템이어서 차를 맡기고 드라마 제작발표회에 들어갔다. 일을 다 마치고 나와서 차를 빼줄 때까지 기다리고 서 있자니 할 일이 어디 있겠는가, 앞차들 나가는 걸 지켜보고 나는 가만히 서 있었다. 호텔의 발레 직원은 손님들에게 차를 넘기면서 깍듯이 인사했다. 참 친절도 하시네, 나도 이따가 깍듯이 인사해야지, 고맙다고 말씀드려야지, 생각했다.

기다림 끝에 직원이 내 작고 귀여운 스파크를 몰고 나왔다. 나는 미리 생각해둔 대로 고맙다고 상냥하게 인사하려고 각을 쟀다. 앞차들처럼 직원이 차를 넘겨주면서 인사를 해오면 나도 그에 대한 리액션으로 고맙다고 말할 요량이었다. 하지만 어떻게 된 일인지 타이밍이 지나도 직원은 아무 말도 하지 않았다. 그래서 내가 먼저 인사를 건넸다. 그런데 웬걸, 그의 리액션이 어찌 좀 미적지근했다. 고맙다는 내게 "네"라는 짧은 답도 없이 바쁜 걸음을 총총 옮겨 가버리는 것 아닌가.

그때 생각했다. 이건 경차 무시 맞는 거 같은데….

이런 하대 아닌 하대에도 불구하고 젊은 시절에 한 번쯤 경차를 몰아보는 일은 추천할 만한 것이라고 개인적으로 생각한다. 일단 경차는 혜택이 어마어마하다. 중량이 가벼운 차여서 원래 연비도 탁월한 데다, 경차 전용 유류세 환급카드를 발급받아서 기름을 넣으면 할인 폭이 놀랄 만큼 크다. 게다가 자동차 취·등록세도 일반 승용차에 비해 적고, 일정 금액까지는 면제를 받을 수도 있다. 공영 주차장에서는 주차비를 반값만 받으며, 고속도로 통행료도 반값이다.

어디 이뿐이랴. 경차는 중고로 팔 때 감가상각도 적어서 좋은 값에 팔 수 있다. 주머니 사정이 좋지 않은 청년들에게 경차는 정말 고마운 존재가 아닐 수 없다. 비용면에서뿐 아니라 운전을 배우는 입장에서도 경차만큼 딱인 게 없다. 원래 작은 차일수록 몰기 쉬운 법이라, 경차는 좁은 골목 같은 운전하기 어려운 길에서도 요리조리 피해가며 운전하기에 편하고 주차할 때는 말할 것도 없이 쉽다. 초보운전자에게는 경차가 여러모로 몰고 다니며 운전을 익히기에 좋은 차가 분명하다. 삼백만 원이라는 저렴한 금액을 주고 산 백호를 나는 4년가량 실컷 탔는데, 어느 날 가만히 앉아 계산해보니 대중교통으로 다니는 것보다 훨씬 돈을 절약했다는 걸 알았다. 유류세 환급카드가 정말 유용했던 거다. 경차는 듣던 대로 돈을 버는 차구나, 그때 체감했다. 물론 안전에 취약한 건 있지만, 지킬 것 잘 지켜가면서 살살 몰면 된다. 이토록 고마운 백호를, 내가 사고를 내는 바람에 수명이 아직 한참 남은 백호를 죽게 해서 마음이 여간 아픈 게 아니다. 떠나보낼 때 얼마나 아쉽던지.

경차를 타는 동안에 좀 더 젊음(?)의 자부심을 갖고 당당하게 탔더라면 좋았을 걸 싶다. 운전이 됐건 뭐가 됐건 괜한 자격지심은, 실제로 상대가 나를 얕보는가 아닌가 하는 문제와 별개로 그것을 품고 있는 사람의 문제라는 걸 이제는 안다. 마음이 만들어내는 내부의 문제라는 것을 말이다. 경차가 포인트가 아니라, 경차를 모는 운전자의 태도가 핵심이다. 집에 벤츠 세워놓고 세컨드 카로 간편하게 장 보러 나선 경차 차주에게는 자격지심이 있을 리 없다. 자격지심은 스스로를 좀

스러운 인간으로 전락시킨다. 다른 차가 안 끼워줘도 그럴 때 내 차가 경차여서 무시당한다고 생각할 일이 아니라, 저 사람이 양보란 걸 모르는 자여서 그렇다고 생각하는 편이 낫다. 경차는 작고 귀엽고 멋진 차다.

33

비 오는 날의 역주행

최악을 대비하라

앞이 보이지 않을 만큼 비가 많이 오는 날에 초보운전자가 차를 몰고 나가는 일은 생각보다 더 위험한 일이란 걸 미처 알지 못했다.

밤이었고, 일을 마치고 집으로 돌아가는 길이었다. 또한 초행길, 알지 못하는 동네였다. 비는 억수처럼 퍼부었고 차 안에는 습기가 자꾸만 찼다. 앞유리며 옆유리며 모든 게 뿌예져서 시야가 거의 닫혀버렸고, 그 와중에 내 차는 계속 달리고 있었다. 갓길도 없었고, 뒤차가 따라왔기 때문에 멈출 수도 없었다.

다급한 마음에 공기를 순환시키려고 창문을 열었다.

굵직한 빗줄기가 차 안으로 사정없이 들이닥쳤다. 초보운전자인 나는 운전을 하면서 동시에 대화를 하는 것도, 창문을 여닫는 것도, 에어컨을 작동하는 것도 쉽지 않았기에 운전하면서 들이닥치는 폭우에 놀라는 일조차 쉬운 일이 아니었다. 그야말로 정신은 나가고 눈에 보이는 건 없는, 목숨이 위협받는 상황이었다. 온몸이 긴장한 가운데 나는 오직 하나만을 생각하고 생각했다. 이 습기를 어떻게든 제거해야 한다! 그러나 어떻게?

에어컨! 이럴 때 에어컨을 켜면 습기를 제거할 수 있다는 말을 들은 게 순간 떠올랐다. 하늘이시여, 감사합니다! 그런데 나는 지금까지 차의 에어컨을 틀어본 적이 한 번도 없었단 걸 그제야 깨달았다. 스파크를 산 게 여름이 아니었기 때문에 에어컨을 틀어볼 생각도 안 해봤던 거다. 앞만 보고 달리기에도 벅찬 초보운전자가 달리는 중에 한 번도 눈여겨본 적 없는 에어컨 버튼을 찾는 건 고난도의 행위였다. 앞차의 형태가 보일 듯 말 듯 하는 위험한 상태로 운전을 하면서 나는 아무 버튼이나 막 눌러댔다.

그때 갑자기 길이 양쪽으로 떡하니 갈렸다. 로버트

프로스트의 '가지 않은 길'이란 시가 떠오르는 인생 최대의 갈등 상황에 놓인 것이다. 난 단지 이 길이 목적지에 따라 갈리는 길이라고만 생각했지, 특수한 지형 때문에 중앙선이 나뉜 거라고는 생각지도 못했다. 얼른 하나의 길을 골랐다. 그러고는 선택한 그 길로 20미터가량을 천천히 달렸다. 그때 갑자기 눈앞이 훤해졌다. 무슨 불빛일까 하고 갸우뚱거릴 틈도 없이 빵- 하고 전방에서 경적 소리가 울렸다. 트럭의 앞머리가 뿌연 창문 너머로 보였고 나는 경악하며 급정거했다.

내가 한 짓은, 그러니까, 무려 역주행이었다. 폐허가 된 내 정신은 이제 바사삭 흩날리는 지경에 이르렀다. 트럭과 머리를 맞대고 대면하고 서 있는 그 몇 초가 한 계절처럼 길었다. 나는 깜빡이를 켜고 후진을 시도했다. 그러나 삼백만 원짜리 내 스파크엔 후방 카메라 따위는 없었고, 사이드미러도 물방울이 잔뜩 맺혀서 거의 보이지 않았다. 울고 싶었다. 죽이 되든 밥이 되든 나는 후진을 감행했다. 트럭 뒤에 따라오던 차들은 영문을 모른 채 줄지어 대기 중이었고, 그렇게 많은 이들에게 민폐를 주면서 나는 홀로 도로 가운데서 고군분

투했다. 비는 여전히 세차게 퍼부었다.

운전의 신이 도와준 덕에 다행히 사고는 없었다. 마침내, 제 길로 내 차는 돌아올 수 있었던 거다. 그날 나는 결국 살아서 집에 돌아왔다. 이런 게 기적이지 무엇이 달리 기적일까. 옷은 안 젖었지만 정신은 축축하게 젖다 못해 흐물흐물해진 채로 나는 내 방에 앉아 안도의 한숨을 내쉬었다.

폭우 속에서 연약한 경차를 타고 차 유리는 온통 뿌연 상태로 역주행을 한 그때의 일을 생각하면… 그저 신의 가호에 감사할 뿐이다. 무엇을 하든 최악의 상황이 오면 그때 가서 잘 헤쳐나가면 된다고 생각하고 살았던 나는, 이 일로 삶의 태도마저 조금 바뀌었다. 최악의 상황은 그 상황이 일어나기 전에 미리 대비하는 편이 낫다는 쪽으로. 그때도 미리 에어컨 사용법을 익혀놨다면 멘탈 붕괴까지는 막을 수 있었을 것이다. 그도 아니라면, 비 오는 날엔 운전을 아예 하지 말자는 다짐이라도 미리 해놓았다면 역주행 따위는 막을 수 있었을 것이다. 목숨은 하나라는 것, 이것은 중요한 상식이다.

34

사이드브레이크를 걸다

실수를 용납하지 않으면 강박이 생긴다

사이드브레이크를 채운 채 고속도로를 달린 적이 있다. 계기판에 경고등이 뜬 것도 모르고 시속 80킬로미터 정도로 달렸는데 어쩐지 차가 좀 묵직한 게 잘 안 나가더라 했다. 경고음까지 울려줬더라면 실수를 금방 알아차렸겠지만 아쉽게도 내 첫 차에는 그런 기능까진 없었다. 후방 카메라도 없는 차에 너무 많은 걸 바라선 안 되겠지. 아니다, 차 탓을 해서 무엇하겠나. 비겁하게 굴지 말자. 다 내가 부주의했던 탓이다.

다행히 차에 이상은 없었다. 실수를 알아차리자마자 곧장 사이드브레이크를 풀었고, 후에 차를 점검하러 갔을 때 문제가 생기지 않았는지 문의한 결과 괜찮다는 답변을 받았다. 차는 괜찮았는데, 그런데 내가 안 괜찮았나 보다. 그 실수 이후로 차를 운전할 때 계속 사이드브레이크를 확인하는 습관이 생겼다. 안전을 위해 좋은 습관 아니냐고? 그렇지 않다. 습관이라는 단어로 둥글게 표현했지만, 사실 그건 강박이었다. 차에 올라타서 시동을 걸기 전에는 물론이고, 도로에서 운전하는 도중에도 계속 사이드브레이크를 만지작거리거나 내려다봤다. 사이드브레이크가 채워져 있지 않다는 걸, 모든 게 정상이라는 걸 알면서도 확인하고 또 확인하며 불안 증상을 보였던 거다. 나는 강박증이 원래 조금 있어서 내게 이런 자잘한 강박 증상이 낯선 건 아니지만 낯설지 않다고 해서 아무렇지 않은 것 또한 아니다. 아무리 익숙해도 매번 괴롭다.

가끔은 '내가 왜 이럴까' 생각해본다. 여느 때처럼 사이드브레이크를 만지작거리던 중에 나는 '이 강박이 내게 왜 생긴 걸까' 하고 그 원인을 곰곰 생각해봤다. 물론 1차적 원인은 사이드브레이크를 채운 채 도로를 달렸던 그 경험 때문이다. 하지만 그건 표면적인 이유일 뿐. 운전하는 많은 사람이 나 같은 실수를 했을 테지만 그렇다고 그들 모두가 이런 강박행동을 하지는 않을 것 아닌가. 이면에 숨은 원인이 있을 텐데 그게 무엇일까를 생각했고, 나는 이런 결론에 다다랐다. 내가 나의 실수를 용납해주지 않은 탓이라고. 실수에 관해 너무 엄격한 성향이 이런 결과를 불러온 게 아닐까 하고 짐작했다.

차를 몰다 보면, 아니 더 크게 보자, 인생을 살다 보면 실수는 언제나 있게 마련이다. 우린 인간이니까. 기계가 아니니까. 하지만 그때마다 나는 자신을 너무 죄인 취급하고 몰아붙였던 게 사실이다. 어쩌면 웃어넘길 수 있는 실수까지도. 내가 예전부터 고치고자 해온 게 바로 완벽주의 성향이다. 실수를 용납하지 못하는 것도 이런 완벽주의적 성향에서 비롯된 것이고, 그러니 실수를 용납하는 태도를 지니기 위해서 내게 필요한 건 완벽하지 않아도 괜찮다는 인식이다.

완벽하지 않아도 된다. 된다, 안 된다의 문제가 아니라 어쩌면 이건 순리의 영역일 것이다. 완벽한 건 애초에 존재하지 않는다는 진리, 이런 진리를 인지하고 실수 앞에서 좀 더 관대한 태도로 살아가는 게 순리대로 사는 길일 테니까. 나 자신에게 하는 말을 바꿔보기로 한다. '너는 뭐든지 잘 할 수 있어', '완벽하게 잘 해낼 수 있어'라는 말에서 '너는 실수할 수 있어', '하지만 실수해도 괜찮은 존재지'하고 말이다.

이런 깨달음 덕분일까. 세 번째 차를 타는 요즘은 사이드브레이크를 확인하는 습관이 현저히 줄었다. 그러나 이 깨달음 덕분이라고 하기에는, 눈에 띄는 다른 이유가 있다는 점을 털어놓지 않을 수 없다. 세 번째 차에는 사이드브레이크를 건 채로 달리면 경고음이 크게 울리는 기능이 있다는 것. 이게 바로 강박증 극복의 결정적 비결이었단 게 헛웃음을 나게 만든다. 그래, 마음의 문제를 내 안에서만 해결하라는 법은 없지. 더 좋은 차를 타는 것도 방법이구나. 이렇게 간단한 일을….

35
급정거를 하다

사람도 차도 갑자기 멈추기는 힘들다

내가 사고를 일으킨 이야기만 너무 많이 한 것 같다. 반대로 내가 사고를 당한 경우도 몇 번 있었는데 이번엔 그 이야기를 풀어볼까 한다. 나는 추돌사고를 당한 적이 두 번 있다. 한 번은 도로에서 여러 차와 함께 신호를 받고서 일렬로 정차해 있는데 전방주시를 소홀히 한 뒤차가 달려와 박은 거고, 한 번은 막힘없이 제법 빠르게 달리던 중에 내 앞차가 급정거해서 나도 급정거를 했는데 가까스로 차 세우기에 성공한 나와 달리 급정거에 실패한 뒤차가 내 차를 박은 거다.

충돌의 세기와 내 몸이 받은 충격으로 봤을 때, 두 번째보다 첫 번째 사고가 몇 배는 큰 사고였지만 희한하게도 첫 번째 사고가 내게 미친 영향은 미미했다. 몸은 괜찮았고, 차는 수리를 받고 외관을 회복했다. 반면에, 두 번째 사고는 지금까지도 내게 지속적인 영향을 주고 있다. 지금도 운전을 할 때면 앞차가 갑자기 멈출까봐 두려운데, 그날 급정거를 하면서 나 역시 너무 놀랐던 탓이다. 몸이 앞으로 격하게 쏠린 건 물론이고, 조수석에 둔 가방의 물건들이 다 쏟아져서 바닥에 뒹굴었으니 놀란 것도 당연한 일이다. 그 전에 복장뼈를 다치는 부상을 입고도 운전할 때 여전히 겁이 없던 나는 그날의 급정거 추돌사고 이후로는 운전하는 게 좀 무서워졌다. 핸들을 잡은 두 손에 힘이 과하게 들어가고, 손바닥에서 땀이 흐르곤 했다.

　나는 앞차가 별안간 가까워지는 공포를 그날 제대로 알아버렸고, 차간 거리를 넉넉히 두는 게 안전과 얼마나 직결된 일인지 뼈저리게 느껴버렸다. 차간 거리의 확보, 누구나 아는 이 운전 상식을 머리로만 숙지하는 것과 체험으로 숙지하는 것은 이토록이나 큰 차이였던 거다. 그때부터, 거리 두기는 내 운전 생활의 중요한 화두로 떠올랐다. 잘 달리던 앞차라도 갑자기 멈춰버릴 수 있다는 가정을 늘 하고서 운전하게 된 건 물론이고, 달리는 속도가 빠를수록 앞차와의 거리를 더 많이 띄워야 한다는 규칙도 철저히 지키고 있다.

거리 두기는 곧 서로를 살리는 일이다. 이는 인간관계에서도 흔히 적용되는 비유가 아니던가. 아무리 가까운 사이일지라도 적정한 거리를 둬야지만 건강한 관계를 유지할 수 있다는 건 이제 많은 이들이 인지하는 부분이다. 그러니 나는 거리 두기에 관한 이야기 말고 조금 다른 이야기를 해보고 싶다. '갑자기' 멈추는 일의 어려움에 관해서 말이다. 그날, 달리던 차를 순식간에 멈춰 세우는 데 얼마나 큰 곤란을 겪었고, 얼마나 큰 저항에 부딪혔는지를 생각하면….

이건 차에게만 어려운 일이 아니다. 인간관계에서도 마찬가지여서, 누군가 갑자기 관계의 멈춤을 선언하면 상대는 큰 타격을 입게 된다. 누군가에게 내가 저질러본 일이기도 하다. 말하자면 그건 급정거였다. 인간관계에서의 급정거도 운전에서의 급정거처럼 위험해서 할 수 있는 한 피해야 하지만 그러지 못했다.

급정거 전엔 신호가 필요하다. 그것이 상대에 대한 예의다. 모든 자동차는 운행 중 브레이크를 밟으면 후미등에 불이 들어오게 설계돼 있다. 후방에서 따라오는 차는 앞차의 브레이크등이 켜지는 걸 보고 따라서 브레이크를 밟음으로써 추돌을 예방한다. 그런 식으로 사고에 대비하는 것이다. 브레이크등으로도 부족할 경우엔 비상등을 켜서 뒤차에 추돌 위험성을 알리기도 한다.

인간관계에도 브레이크등이 있다면 얼마나 좋을까. 가까운 사람이 브레이크등을 켠다면 섭섭할 순 있겠지만 적어도 충돌 사고는 막을 수 있을 것이다. 관계가 종국엔 파탄으로 끝나더라도 미리 언질이 있었던 일이기에 덜 아플지도 모른다. 하지만 인간관계엔 이런 시스템이 특별히 마련돼 있지 않다. 그래서 인간관계가 운전보다 수백 배는 더 어려운 일 아닐까. 그저 도로 위에서도, 사람과 사람 간의 관계 위에서도 난폭운전은 하지 말자고 스스로 마음을 다잡을 뿐이다. 특별한 방도는 여전히 없다. 방도가 있다면, 예고를 보다 성실히 하는 것 정도랄까. 하지만 이것 역시도 괴로운 일이

다. 이별은 예고를 하는 사람에게도, 당하는 사람에게
도 잔인하다.

36
스트레스 없이 운전하기

도로 위 진정한 승자가 되는 법

스트레스 안 받고 운전하는 사람은 거의 없을 테다. 도로에는 이상한 운전자들이 넘쳐나고 그들은 다채로운 방식으로 나를 위협한다. 위협이 아니라면, 답답한 운전을 선보임으로써 속을 터지게 만들어놓는다. 나는 여지없이 화가 나고야 만다. 물론 내가 그런 다채롭게 이상한 운전자일 때도 적지 않다. 아무튼, 그럴 때마다 화를 내면 제 명에 못 살지. 나만 손해지.

스트레스를 최대한 덜 받고 운전하는 건 엔진오일을 제때 갈아주는 것보다, 타이어 공기압을 수시로 잘 맞춰주는 것보다 몇 배는 더 중요한 일이라고 생각한다.

차보다 사람이 먼저다. 그러나 이를 간과하고, 차는 애지중지 대하면서 운전하는 자신의 마음엔 소홀한 사람이 많다. 운전자는 차를 잘 관리하는 것에 더해 운전하는 자신의 마음 컨디션도 신경 써야 한다. 가까운 지인 중에 운전할 때 스트레스를 많이 받는 사람이 있다. 옆에 타면 나도 덩달아 스트레스를 받기 때문에 그 차에 타는 게 조금 꺼려진다. 신호가 하필이면 내 앞에서 바뀌는 것도, 차선을 바꾸려는데 걸리적거리는 옆차도, 모든 것이 그 친구에겐 스트레스 요인이다. 그렇게 힘든 마음으로 할 거면 운전을 아예 안 하는 게 정신건강에 이롭지 않나, 그런 생각도 들었다.

도로 위에서 승자는 빨리 가는 사람도, 신호를 덜 받는 사람도, 비싼 차를 탄 사람도, 조수석에 대단한 인물을 태운 사람도, 멋진 여행지로 향하는 사람도 아니다. 마음 평온하게 운전하는 사람이 진정한 승리자다. 아무리 돈 많은 부자라도 우울증을 앓고 신경쇠약에 시달린다면 삶이 별로 행복하지 않은 것과 같은 이치다. 람보르기니를 타도 그걸 모는 사람이 운전을 즐기지 못한다면, 모든 도로 상황에서 스트레스를 받고 마음 힘들어한다면 그 사람이 별로 부럽지 않을 것 같다. 내가 만일 운전 강사라면 운전 기술만 가르치는 게 아니라 운전하는 마음에 대해서도 가르치리라. 앞차 운전이 엉망이다? 매우 열받게 한다? 그럴 땐 이렇게 생각하고 무시해버리세요, 하고 멘탈 코치도 같이 해준다면 평생 운전대를 잡을 그 수강생에게 진정 도움이 되지 않을까.

사실, 나도 운전할 때 마음 다스리기에 실패할 때가 적지 않게 있다. 커브를 돌다가 사고가 크게 나서 폐차까지 했다는, 앞에서 얘기한 그 일화도 실은 화를 다스리지 못해서 생긴 일이었다. 행주대교로 가는 길이었고, 다른 갈래의 두 차선이 합류되는 지점이었다. 내가 큰길로 합류하려고 깜빡이를 넣고 들어가려는 찰나 저 멀리서 천천히 오던 흰색 벤츠가 갑자기 미친 듯이 속도를 높이는 것 아닌가. 그러더니 내 차가 들어오지 못하게 필사적으로 막고서, 제 목적을 달성했는지 유유히 멀어져갔다. 화가 난 나는 순간 평정을 잃었고, 곧바로 나타난 시속 30킬로미터 제한 회전 구간에서 속도를 충분히 줄이지 못하는 실수를 범하고 말았다. 성난 마음에 시속 50킬로미터 정도로 회전을 돌던 내 차는 비가 그친 도로 위를 미끄러져 360도로 뱅글뱅글 돌다가 한쪽에 사정없이 처박히고 말았던 거다. 안전벨트 압박으로 가슴뼈에 금이 가는 수업료를 내고 얻은 교훈은 이것이었다. 운전할 때 절대 열받지 말자는 교훈. 열받으면 결국 나만 손해다. 그때 그 흰색 벤츠는 뱅글뱅글 도는 자기 뒤의 차를 조금도 신경 쓰지 않고 제 길을 갔으니까.

운전 자체를 '즐기는' 게 운전할 때 스트레스 안 받는 최고의 방법이라고 나는 생각한다. 우리가 컴퓨터 게임을 할 때, 쌓였던 스트레스가 풀리는 건 게임을 즐겼기 때문이다. 즐긴다는 건 뭔가. 그건 게임 안에서 나를 막는 장애물이 하나도 없어야만 가능한 상태가 아니라, 그런 장애물을 만나도 그마저도 게임의 일부임을 받아들이고 과정을 누릴 때 얻게 되는 결과물이다. 게임이 내 맘처럼 술술 안 풀린다고 스트레스받는 사람이 게임을 즐기긴 어려울 것이다. 운전도 게임처럼 못 할 게 뭔가. 도로에 한 번 나갈 때마다 우리가 만나는 장애물은 셀 수 없이 많지만 이건 운전이라는 게임 안에서 당연히 마주치는 것들이라고 여기면 마음의 저항 없이 운전을 즐길 수 있다. 어린이 보행자가 자전거를 타고서 내 차 앞으로 튀어나올 때도 있었고, 늘 가던 주차장이 만차여서 차 댈 곳을 찾아다녀야 할 때도 있었으며, 개념 없는 차와 골치 아프게 엮인 적도 있었다. 이런 예상치 못한 상황들까지도 모두 운전이다.

나는 다행히 운전을 좋아하고 즐기는 사람인 것 같다. 운전하면서 마주치는 돌발상황들이 싫기보다는 재밌게 여겨지는 걸 보면 말이다. 매일이 똑같은 회색빛 일상에 톡톡 튀는 색채를 부여하는 특별한 에피소드 같달까. 하긴, 이렇게 운전 에세이를 쓰는 것도 운전을 좋아하지 않으면 불가능한 일일 것이다. 와인을 취미로 삼으면 와인이라는 세계를 하나씩 탐험하는 기쁨을 맛볼 수 있듯이, 운전을 취미로 삼으면 운전이라는 세계를 하나씩 열어가는 소소한 재미를 누릴 수 있다. 차라는 세계는 넓고 깊다. 자가용을 몰게 되면 운전면허를 따서 운전법을 익히는 건 물론이고, 나에게 맞는 자동차 구매하기, 오일을 비롯해 부속품 갈아주기, 주유소에서 기름 넣기, 세차하기, 차 정기검사 받기, 내비게이션 앱 깔기, 자동차 보험과 운전자 보험 가입하기, 아파트 주차 스티커 받아서 붙이기, 매년 자동차세 내기 등등 그 안에 속한 무궁무진한 것들을 경험하게 된다. 이 모든 세부사항들을 접할 때마다 '차 하나 모는데 뭐가 이렇게 신경 쓸 게 많아'라는 생각이 들면서 스트레스를 받는다면 운전을 좋아하기는 힘들 것이다. 역시 즐기는 게 답이다. 운전이건 뭐건 그 과정을 '견디는' 게 아니라 '향유'하는 게 답이다.

37

날씨와 음악과 계절

운전은 종합예술이다

조용하게 운전하는 편이다. 내가 꼭 챙겨보는 금요일 밤의 예능 〈나 혼자 산다〉를 보면, 거기 나오는 출연자 대다수가 운전할 때 1인 콘서트를 방불케 하는 열창을 선보이던데, 나는 그렇진 않다. 대신 조용히 있다가 갑자기 "호오~~" 하고 아주 긴 탄성을 내지를 때가 있는데 이게 나의 운전 습관 중 하나다. 코너를 돌았는데 구름이 기가 막히게 배열된 하늘이 눈앞에 확 펼쳐진다든가, 퇴근길 강변북로에서 문득 고개를 돌렸는데 강 건너 노을이 타오르고 있고 빌딩 숲의 검은 실루엣이 노을을 등지고 펼쳐져 있다든가, 한여름 벌말로를 지나는데 키가 큰 초록 나무들이 일렬종대한 해군처럼 양옆으로 길게 펼쳐져 있고 그 환상적인 호위 아래로 유유히 달릴 때라든가, 밤 운전을 하면서 하늘을 올려다봤는데 말로 표현할 수 없이 휘영청한 슈퍼문이 보석 덩어리처럼 빛나고 있을 때라든가, 그럴 때 재채기가 나오듯 참을 수 없는 환호가 마음 깊은 곳에서 올라온다. 참된 희열이다.

운전은 풍경을 극대화한다. 걸으면서 풍경을 바라볼 때는 그 경치가 내면에 서서히 스며들어 머무는 느낌이라면, 차를 타고 달리면서 풍경을 바라볼 때는 장면 장면들이 마음에 확확 와서 꽂히는, 마치 각인되는 듯한 느낌이다. 풍경에 공격당하는 것 같달까. 감각이 깨어난다. 아마도 차의 속도 때문이지 않을까 짐작해본다. 차에 몸을 싣고서 빠른 속도로 도로를 '지나칠 때' 그 순간들이 짧기 때문에 오히려 자극이 큰 것이다. 마치 스냅사진처럼 즉흥적 포착이 주는 전율이다. 이건 속도가 매우 느린 이동 방법인 걷기에서는 잘 경험하기 힘든 부분이다. 작정하고 경치 좋은 곳으로 드라이브를 가지 않아도, 가령 일하러 가거나 운동하러 가거나 병

원에 가거나 하는 일상의 운행에서도 감동은 수없이 찾아온다. 나는 서울을 벗어나 교외에 살기 때문에 차를 몰고 어딘가로 나가는 길마다 항상 논밭과 들과 냇가와 숲길을 지나친다. 내가 도시 외곽살이를 예찬하는 가장 큰 이유다. 사소한 외출마다 자연이 주는 아름다움을 호흡할 수 있다는 것. 차만 타면 드라이브다.

가는 길이 같아도 매일 날씨가 다르기에 길들은 다른 감동을 준다. 운전할 때 날씨 영향을 많이 받는다. 비가 와서 운전하기 까다로웠다 하는 그런 종류의 영향이 아니라, 이를테면 감성의 변화 말이다. 차창 밖으로 보이는 풍경의 질감은 온도와 습도, 바람, 태양과 구름 등 날씨 요소에 따라 확연히 달라지는데 매일 다른 그림을 감상하는 것 같아 즐겁다. 미세먼지 하나 없이 거의 완벽하리만큼 화창한 날은 투명한 수채화 작품 같고, 습도 높은 축축한 공기 위로 차분한 구름이 낀 날은 묵직한 매력이 있는 유화 작품 같다. 어떤 분위기의 풍경이 더 좋다 하고 하나를 꼽을 수 없을 만큼 모든 날씨의, 모든 풍경들이 고유의 사랑스러움을 간직하고 있다. 운전대 앞으로 펼쳐지는, 이런 다양한 질

감의 사랑스러운 풍경들이 내 감성을 매번 다르게 채색하고, 내 마음의 온도는 매번 달라진다.

운전의 즐거움은 음악에 의해서도 극대화된다. 음악이란 게 단독으로 들을 때도 좋지만, 영화의 배경으로 흘러나오는 음악을 들을 때 더 감성적인 기분이 되는 건 이야기의 힘과 음악의 힘이 결합하여 시너지를 만들었기 때문이다. 이런 것처럼 운전할 때 음악을 틀면 풍경의 힘과 음악의 힘이 어우러지면서 특유의 분위기를 형성한다. 풍경이라는 영화에 BGM이 깔릴 때, 그 풍경이 한층 낭만적으로 변하는 것이다. 마법이다. 음악 하나 틀었을 뿐인데 하늘이 더 높아지고, 논밭이 더 평화로워지며, 한강이 더 푸르러진다.

좋아하는 가수의 신곡이 나오면 플레이리스트에 담아두면서 나도 모르게 '운전할 때 들어야지' 하고 생각한다. 어느 순간부터는 이 노래가 운전의 맛을 얼마나 살려줄지를 좋은 노래의 조건으로 삼기 시작했다. 내가 좋아하는 가수의 노래들로 목록을 채우는 건 당연한 일이고, 가끔은 평소 좋아하는 스타일이 아닌 곡들도 플레이리스트에 넣어둘 때가 있다. 평상시엔 별로 여도 운전할 때는 이상하게 좋게 들리는 곡들이 있기 때문이다. 나는 온라인 스트리밍으로 새로운 노래들을 다양하게 듣는 대신, 좋아하는 노래들을 '오프라인 저장'으로 담아놓고 오랜 기간 반복해서 듣는 편이다. 그리고 볼륨을 크게 틀어놓고 듣는 걸 좋아한다. 차가 아니면 그런 꽉 찬 사운드를 경험할 기회가 거의 없기 때문이다. 집은 차보다 공간이 커서 음향으로 꽉 채우는 데 한계가 있고, 꽉 채운다 해도 옆집의 민원이 들어올 수 있으니까. 하지만 차는 도로 위에 혼자 떠다니는 작은 집이어서 마음껏 쿵쾅거려도 상관이 없으니, 이 얼마나 좋은가.

유독 어떤 음악이 뼛속까지 파고드는 때가 있다. 고막을 거치지 않고 심장으로 바로 와서 꽂히는 기분이랄까. 운전을 하며 이런 순간을 만날 때 나는 한 대 얻어맞은 것 같은 얼얼한 행복감에 젖는다. 음악과 내 마음의 주파수가 우연히도 딱 들어맞는 순간, 그럴 때 있지 않나. 의도한다고 해서 그런 순간을 만나는 건 아니기에 더 귀한 타이밍이다.

여기에 계절의 정취가 더해진다고 가정해보자. 앞

유리창으로 벚꽃이 날아와 부딪히는 게 좋아서 속도를 낮추고, 신록의 나무들이 만든 신비로운 터널을 지나며 잠시 환상의 세계를 체험하고, 떨어진 단풍잎이 만든 푹신한 융단 위에 차를 세우고 뜨거운 커피를 마시고, 눈이 하늘로 올라가는 걸 신기해하면서 바라보는데 마침 라디오에선 캐럴풍의 노래가 나오고⋯ 그런 낭만들이 계절마다 깃들어 있다. 특히 내가 잊을 수 없는 드라이브는 폭설 내리던 제주에서의 운전이다. 차가 미끄러지면 어떡하나 하는 현실적인 걱정이 싹 다 잊힐 만큼 극도로 예술적인 정경이었다. 내가 살면서 도시에서 봤던 설경은 설경이 아니었구나 싶을 만큼 제주의 겨울은 압도적인 아름다움이었다. 눈물이 날 만큼 아름답다는 말을 알 것 같았다.

날씨와 음악과 계절⋯ 이 각자의 요소들이 매번 다른 조합으로 뭉쳐지면서 그때그때의 '운전하는 마음'이 만들어진다. 이건 마치 화학작용 같아서 조금만 그 성분에 변화가 생겨도 결과물은 전혀 다르게 나타난다. 이 점이 나를 매혹한다. 봄비 속을 운전할 때와 가을비 속을 운전할 때의 기분은 다르다. 이쯤에서 말하

건대 단연코 운전은 종합예술이다. 모든 것들이 한데
어우러지고 버무려져서 순간순간 고유한 아름다움을
창조한다. 운전이 주는 그 고유한 예술성을 경험할 때
면 나는 세상에서 부러운 게 없어지는 것이다.

38

경로 이탈

예상에 없던 길로 들어서는 즐거움

여행의 묘미는 길 잘못 들기에 있다. 가끔은 예상치 못한 곳으로 차가 나를 인도한다. 어떨 땐 자발적 의지로도 핸들을 꺾는다. 계획에 없던 곳으로 나아갈 때면 난생처음 일탈하는 학생처럼 불안하다가 이내 묘한 쾌감이 올라온다. 돌아보면, 내 인생에서 만족도가 높았던 여행들은 대부분 계획과 우연이 반반 균형 있게 섞인 형태였다. 계획 백 퍼센트의 여행을 했다가 왠지 모르게 일하는 것만 같은 압박감도 느껴봤고, 우연 백 퍼센트의 여행을 했다가 뭔가 알차게 못 논 것 같은 찝찝함도 느껴봤다. 최선은, 계획이라는 뼈대를 세운 후 우연이라는 살을 붙였을 때였다.

자동차로 여행을 하기 시작하고선 계획과 우연의 반반 균형 맞추기가 한결 쉬워졌다. 아무래도 기차나 버스, 택시를 이용해 여행할 땐 계획형 여행 쪽으로 확 기울어졌는데, 차로 다니고부터는 우연에 점점 더 많은 지분을 내어줄 수 있게 된 거다. 계획한 목적지에 가는 길에 우연히 칼국수 집이 보이면 차를 세우고 칼국수를 먹을 수 있게 됐다. 이런 비계획적 행위가 여행의 수많은 가능성을 열어준다. 우리가 완벽한 여행을 위해서 계획을 짜지만, 계획대로 여행했다고 해서 완벽한 여행이 되는 건 아니란 걸 우연이 이끄는 여행을 해보고서야 깨달았다. 즐거움 중에 으뜸은 뜻밖의 즐거움이다. 어쩌면 여행이란 뜻밖의 무언가를 만나기 위해서 하는 행위가 아닐까.

예상치 않은 전개를 마음 놓고 펼칠 수 있다는 것. 이것이야말로 자동차를 운전하는 이들이 누리는 호사다. 택시 기사님에게 목적지를 말하고 앉아 있는 게 아니라, 나는 지금 내 두 팔로 핸들을 잡고 있지 않나! 이 말인즉 얼마든지 마음 가는 대로 변덕을 부려도 된다는 뜻이다. 우연히 들른 커피집이 미리 SNS로 찾아놓은 카페보다 좋을 수 있다. 뜻밖의 기회로 보석 같은 공간을 발견했을 때 우리의 마음은 매력적인 사람과 운 좋게 인연이 닿았을 때 마냥 신기함과 감사함으로 부풀어 오른다. 우연은 운명의 손길을 닮았기에, 우연이 이끄는 여행을 할 때면 운명적이고도 낭만적인, 자주 느끼고 싶은 황홀한 기분에 젖어든다.

　이렇게 바라볼 수도 있겠다. 계획된 일정으로만 꽉 찬 여행이 완벽하지 않은 이유는 그것이 단지 해결해야 하는 숙제 같은 느낌을 주어서만은 아니다. 계획형 여행이 불완전한 이유는, 그 계획이 애초에 틀렸을 수 있기 때문이다. 사람이 하는 모든 일은 틀릴 수 있다. 거제도에 여행 갔을 때, 우리 가족은 유명한 관광지 한 곳을 구경하고서 다음 목적지로 이동하고 있었다. 차가 언덕을 올라가고 있는데, 사람들이 꽤 북적이는 장소가 눈에 띄지 않겠는가. 언덕배기 도로 옆으로 주차 공간도 마련돼 있는 걸 보면 그곳도 꽤 볼 만한 관광스폿인 듯했다. 나는 "여기도 뭐가 있나 봐. 잠깐 보고 가자"라고 말하고선 즉흥적으로 차를 세웠다. 그리고 나무 계단을 내려가 사람들이 있는 곳으로 갔는데, 절경도 그런 절경이 없었다. 바다 너머로 보이는 마을 풍경이 환상이었다. 그곳 명소의 이름이 돌에 새겨져 있는 것으로 봐서 꽤 알려진 장소인데도 불구하고 여행 루트를 짤 때 내가 실수로 빠뜨린 셈이다. 우연히 그 장소를 들린 게 결국 계획을 보완하는 일이 되었던 거다. 계획은 그 자체로 허점이 있다. 우연이 있어야만 여행이 완벽해진다.

목적지로 가는 길 위에서 만나는 우연을 받아들이는 여행에서 더 나아가, 언젠가는 목적지 자체를 아예 정해놓지 않은 여행을 경험해보고 싶다. 내 버킷리스트 같은 거다. 어렵지도 않은 건데 당장 해보면 될 것 아니냐고 말하는 사람도 있겠지만, 나에겐 이게 이상하게도 어렵디어렵다. 내비게이션에 아무것도 치지 않고, 말 그대로 발길 닿는 대로 차를 모는 것. 이 일이 내게는 왜 이토록이나 큰 일탈처럼 느껴지는 걸까. 왜 이렇게 큰 용기가 필요할까. 목적지 없이 차를 내달리는 게 마치 내 의식을 놓아버리는 일처럼 여겨져서 나는 두렵다. 미아가 될 것만 같다. 부유하는 먼지가 될 것만 같다. 차를 좋아하고 운전을 좋아하는데도 의외로 내가 드라이브를 자주 하지 않는 이유가 이런 거지 싶다. 하지만, 어색하고 무서워도 언젠가는 길 잃은 운전을 꼭 해볼 작정이다. 우연 백 퍼센트의 여행을 말이다. 비록 우연 백 퍼센트가 이상적인 여행 형태는 아니라고 해도, 아직 한 번도 그렇게 해본 적이 없기에 해보고 싶은 거다. 해보지 않은 걸 해본다는 것, 그건 나를 뒤집어엎을 기회다. 이전의 나를 죽이고, 새로운 나를 여는 기회. 내가 그토록 바라온 것.

에필로그

절반의 선의로 도로는 굴러간다

벨트를 매고 기어를 D로 바꾸며 나는 운전의 신에게 기도를 올린다. 무사히 안전운행 하게 해달라고. 무슨 일이든 내게 일어날 수 있는 이 도로에서, 아니 이 세상에서 신의 가호 없이 나는 운전할 수 없다. 신의 가호만 필요한 건 아니다. 모든 운전자에게는 타인의 호의에서 나오는 가호 또한 절실히 필요하다. 내가 운전을 잘해서 사고 없이 잘 다니는 것 같지만, 실은 타인이 베푸는 가호가 나를 보호막처럼 둘러싸준 덕분이다. 도로에서 만난 이름 모를 그들이 조금씩 양보해주고 멈춰주고 속도를 맞춰줬기 때문에 나는 오늘도 안전하게 운전할 수 있었다.

절반의 선의로 도로는 굴러간다. 한 차가 차선을 옮기려면 다른 한 차가 속도를 줄여줘야 한다. 그래서 절반의 선의다. 한 번 선의를 받으면 한 번 선의를 베푼다. 그렇게 도로는 작동한다. 복잡한 듯 질서 있게 돌아가는 이 도로는 어쩌면 세상의 축소판이다. 도로에도 희로애락이 있다. 우리는 각자의 삶을 운영할 때처럼 자동차를 운전하면서도 희로애락을 느끼고, 그런 과정에서 변하고 성장한다. 삶을 꼭 닮은 운전을 통해 내면의 성장을 도모하는 건 그리 과장된 일은 아닐 것이다.

나는 운전을 통해 선의를 배웠다. 내가 운전을 통해 성장한 지점이다. 경적 누를 일이 점점 줄어드는 건 나의 내면의 성장을 말해준다. 이 성장은 스스로 이룩한 것이 아니다. 다른 사람의 선의에서 배운 것이다. 그들의 선의가 도로 위에서 내게 옮겨온 덕이다. 내가 실수를 해도 화내지 않고, 갈림길에서 머뭇거려도 조용히 기다려줬던 이름 모를 운전자들에게서 받은 호의가 쌓이고 쌓여서 관대함이라는 가치가 내 안에 자라났다.

운전대 앞에서 배운 이 가치는 일상으로도 번져나갔다. 덜 화내고 더 배려하는 운전자가 되고 나자, 덜 화내고 더 배려하는 사람이 됐다. 생각해보면, 초보운전자였던 내가 초보운전을 벗어나 다른 초보운전자들에게 공감에서 우러나는 이해와 관용을 베푸는 이 경험이야말로 최고의 스승이었다. 우리가 타인을 존중하고 배려하며 그들에게 선의를 베풀어야 하는 이유는 이토록 명료하다. 누구나 서툰 시절이 있고, 누구나 의도치 않게 실수할 때가 있다. 그 '누구나'가 내가 될 수도 있다는 사실을 잊지 말아야 한다.

지인에게 물은 적이 있다. 운전을 잘한다는 건 어떤 것일까, 하고. 돌아온 답변이 근사해서 늘 마음속에 간직하고 있다.

"엄청 빨리 달리고 능숙하게 하고 그런 게 아니라, 옆에 탄 사람이 불안해하지 않고 편안하게 있을 수 있게 하는 것, 그게 운전을 잘하는 것 아닐까요."

정글 같은 도로는 누구에게나 짜증을 유발하지만,

절반의 선의로 돌아가는 도로의 본질을 이해하고 그 호의의 주고받음 위로 몸을 내맡길 때 우린 진정한 베스트 드라이버가 될 것이다. 그럼 내 차 안에는 짜증도 없고, 옆 사람의 불안도 없고, 타인을 향한 미움도 없겠지. 나는 달리는 자동차처럼 자유로워질 것이다. 운전이 명상이 되는 것, 내가 추구하는 최고의 드라이빙이다.

이럴 줄 알았으면 말이나 타고 다닐걸

1판 1쇄 인쇄 2023년 4월 27일
1판 1쇄 발행 2023년 5월 3일

지은이 손화신
펴낸이 김영곤
펴낸곳 (주)북이십일 아르테

TF팀 이사 신승철
TF팀 이종배
출판마케팅영업본부장 민안기
마케팅1팀 배상현 한경화 김신우 강효원
출판영업팀 최명열 김다운
제작팀 이영민 권경민
디자인 THIS-COVER

출판등록 2000년 5월 6일 제406-2003-061호
주소 (10881) 경기도 파주시 회동길 201(문발동)
대표전화 031-955-2100 **팩스** 031-955-2151 **이메일** book21@book21.co.kr

ISBN 978-89-509-4853-5 03810